春踏浪来

【华维诗词选】

赵华维 著

候鸟逢春踏浪来，遮天蔽日海江埋。翩厉羽漫边舞，翙翙抖翎绕际徘。快闪群禽添季景，长焦众摄抢时拍。岸边草色无空地，远处游船静静开。

辽宁大学出版社
Liaoning University Press

图书在版编目（CIP）数据

逢春踏浪来：华维诗词选/赵华维著. —沈阳：
辽宁大学出版社，2018.6
　　ISBN 978-7-5610-9107-4

　　Ⅰ.①逢…　Ⅱ.①赵…　Ⅲ.①诗集－中国－当代
Ⅳ.①I227

中国版本图书馆 CIP 数据核字（2018）第 055378 号

逢春踏浪来：华维诗词选

FENGCHUN TALANG LAI：HUAWEI SHICI XUAN

出　版　者：辽宁大学出版社有限责任公司
　　　　　　（地址：沈阳市皇姑区崇山中路 66 号　　邮政编码：110036）
印　刷　者：沈阳海世达印务有限公司
发　行　者：辽宁大学出版社有限责任公司
幅面尺寸：170mm×240mm
印　　　张：22.5
字　　　数：100 千字
出版时间：2018 年 6 月第 1 版
印刷时间：2018 年 6 月第 1 次印刷
责任编辑：安宝新
封面设计：韩　实
责任校对：齐　悦

书　　　号：ISBN 978-7-5610-9107-4
定　　　价：78.00 元

联系电话：024-86864613
邮购热线：024-86830665
网　　　址：http://press.lnu.edu.cn
电子邮件：lnupress@vip.163.com

序言

　　近两年，华维先生时常从微信上传来诗作，或五言或七言，大多是格律诗，有的颇有意境。一晃两年过去了，一个月前的一天，他竟然将近三百首的诗集摆在了我面前。看着这厚厚的书稿，我不禁失声惊呼，我的天，写了这么多！

　　与许多人一样，华维先生年轻时一定做过青涩的文学梦，文学的种子很早就在他的心中发芽了。我最早看到他的一篇作品是散文《迟开的丁香花》，文笔优美流畅，不失大家风范。这篇散文奠定了华维先生在我心中的印象，从那以后，我对华维从心底里刮目相看。

　　诗言志。何谓志？志者，士子之心也。是士子所感、所思、所想。不少人兴致来时，都好吟上几句，这就是志。华维先生肯定读过不少古代典籍和诗词，从与他的交往中，从他的诗中，可以看到他阅读的广度和深度。因此，他的诗颇有古韵，这种韵味不是从天上掉下来的，而是他在古典诗词的长河中多年浸泡出的馨香。

　　诗重情怀。情怀林林总总，有浩瀚博大的英雄情怀、帝王圣哲情怀、挥斥方遒的文人雅士和驰骋疆场豪杰的情怀；有平淡朴素的平民情怀，柴米油盐、锅碗瓢盆、相夫教子、男耕女织是这种情怀的主旋律。

　　有人说，性格决定命运，那么性格又是由谁决定的呢？性格大多来自于先天，性格是由基因决定的，后天的环境或多或少会对基因产生影响，但不会是颠覆性的，谁遗传了祖先优质的基因密码，谁就有大英雄的情怀。

诗尤其需要大情怀。柴米油盐、锅碗瓢盆、相夫教子、男耕女织、田园之乐的平民小调，不可能与时代的旋律共鸣，因而也不可能产生较强的辐射，不会产生千人和、万人颂的动人效果。

所谓大情怀，是纳天地万物于笔端的情怀，是异草奇花皆妙句，青山碧水尽华章，触处生辉的情怀。华维先生有大情怀，他的诗包罗万象，风格清新明快，诗中有画，细腻纯净。有时如"砆崖转石"雷霆万钧，有时如春风细雨，润物无声。我们来看他的一首《鹧鸪天·郊游》。

一树梨花抱满条，几间农舍傍溪桥。

主人耕作犁田去，黄狗看家倦蹭腰。

居闹市，绪难消。举旗携友步游郊。

田园绿色流诗意，清湛蓝天怎展毫？

这是一幅精彩的白描。写诗最难的是写景状物，陶渊明面对美景曾感叹："此中有真意，欲辨已忘言。"李白登黄鹤楼也曾无奈地说："眼前有景道不得，崔颢题诗在上头。"中国的诗歌自古及今当有百万首。景叫诗人们写遍了，词让诗人用绝了，想将诗写出些新意来，实在是"难于上青天"。而华维先生状物写景极其准确，"一树梨花抱满条，几间农舍傍溪桥"二句，颇有"枯藤老树昏鸦，小桥流水人家"的味道。"蹭"字用的尤其的妙，一下子就把黄狗写活了。

如今的郊游团队都喜欢打一面旗帜，华维的这支队伍也不例外，蓝天之下，万绿丛中，一面红旗高高飘扬……短短的55个字就勾勒出了一幅生动立体鲜活的郊游图，达到了王维"诗中有画，画中有诗"的境界。这首诗如泉水般地自然涌出，读之有身临其境之感，足见华维先生状物的功力。

乡愁其实是一种浓浓的情结。人生下来就与脚下的土地结下了不解之缘，其灵魂就成了这块土地的一部分，不论你走到天涯还是海角，故乡是你永远的牵挂。乡愁是对故乡泥土芬芳的回味，是对父老乡亲们一生的眷恋。华维先生在这一部分中抒发了他对故乡深深的情感。

　　昨夜急风暴雨稠，晨晴新绿更清柔。

　　阔杨垂柳沿途树，红瓦白墙车外楼。

　　人别后，泪常流。朝思暮想忆乡愁。

　　儿时发小今相见，犹恐重逢梦里头。

　　华维尤工《鹧鸪天》，每首《鹧鸪天》都填得很出彩儿，这首同样如此。一场急雨过后，天清气朗，江山如洗，绿树、红瓦、白墙，诗人再次挥动他妙笔，将一幅清新的画面展现在读者面前。字里行间，我们可以感觉到诗人的喜悦和急切，他等这一天似乎等了许久。这个时刻终于盼到了。当他面对发小时，都不敢相信眼前的情景是生活中的真实，一句"犹恐重逢梦里头"精准地反映出当时的情景。寥寥数语，温馨亲切，令人动情。

　　春光中，华维先生弹奏着生机勃勃的韵律；思故乡，他浅吟低唱着淡淡的乡愁；置身井岗山和延安，他追先贤，祭奠先烈，油然而生的是时不我待建功立业的雄心壮志；徜徉在世界十位文豪的殿堂，他如同一个虔诚的朝圣行者，在圣洁的洗礼中完成了一次从仰望者到诗人的涅槃；游历名山大川探谒名胜古迹更沸腾着诗人的热血豪情。一路走来，一路吟唱，他感悟着，思索着，放歌的激情在他心中潮湃，一些诗句早就在华维先生的胸中成行。

　　所谓大情怀除了纳天地万物于笔端之外，还应有襟怀四海的抱负，胸有丘壑的博大，要有登高则生江山之志的江湖之忧。这是一种大英雄情怀。华维先生是满族人，姓舒穆禄，先祖是清朝开国元勋武勋王扬古利。金、清王朝有个规定：满人内部异姓不封王。扬古利姓舒穆禄氏，不是爱新觉罗氏，他是金、清王朝中唯一一个异姓王，能以异姓封王，足见其对金、清王朝贡献之大。舒穆禄氏家族有许多大人物，为人们爱戴的作家老舍就是舒穆禄氏。如果说华维先生的诗是他多年文学情结积淀和发酵的陈酿的话，那么，他的情怀就是其先人大英雄遗传基因的再现。华维先生一直在机关工作，这种英雄情怀一直没有机会尽情释放。然而，或因出差，或因休假，我们会感觉到他这种情怀时常在这时爆发。我们来看这首《观壶口瀑布》：

虬龙戏水浪逐天，啸掠云霄震大川。

似雪如鳞翻彻谷，惊心动魄撒深渊。

千回百转黄河水，万里独寻玛曲源。

倾泻涛奔难阻挡，峡门闯过下中原。

这首七律写得气势磅礴，对仗工整，头两句先声夺人，将黄河形容成一条虬龙，在戏水中搅起惊天巨浪，这巨浪呼啸着直冲云霄，震撼着大河山川。接着诗人将浪花比喻为"似雪如鳞"，那倾泻的黄河水又如同被掀翻的山谷，在滔天巨浪中被抛向深渊，惊心动魄。这条从玛曲奔腾而来的巨龙经过千回百转，至壶口处訇然冲出，以雷霆万钧不可阻挡的气势，扑向中原大地。一首赞美中华文明摇篮的七律至此戛然而止，而那惊天动地的涛声仍然还在读者耳畔轰鸣，令人热血沸腾，激动不已。

这是一首英雄主义的赞歌，是一曲中华民族的黄河大合唱，读着这首诗，我们仿佛看到诗人站在壶口处张开双臂在向着苍天，向着黄河呐喊："黄河，我来了！"

正是这种大英雄情怀，才让华维先生写出了这种气吞山河的诗句！

近三百首格律诗井喷似的喷涌绝不是偶然现象，

华维先生多年文学情结就如同他讴歌的黄河，从万里之遥的黄河源头奔来，经过了千回百转的激荡，终于在壶口，在他退休后的岁月中，激荡着喷涌而出。

华维先生的诗还有一个特点：浅显易懂，明白如话，一如白居易的主张，诗成后要给白发婆婆读，直到老婆婆听懂为止。陆游诗同样明白如话，浅中有深，平中有奇，故足令人咀味。华维先生做到了这点。

有的人对这种风格颇有异意，认为写诗就应该文一些。其实，好的诗都是明白如话的。李白的"床前明月光， 疑是地上霜，举头望明月，低头思故乡"，杜甫的"挽弓当挽强，擒贼先擒王"，文吗？不文，眼前景心中诗而已，是自然流淌，绝无矫揉造作。在平凡中写出新意，才是高手。

至于形式即格律，不过是一张纸，一捅即破，虽然束缚人，但绝不是玄不可攀。华维先生学习格律诗虽然仅仅两年多，但这些规矩对他来说，雕虫小技，写到一年时，就已驾轻就熟了。

林林总总的情怀，最重要的是大爱情怀。华维先生的诗正是这种大爱情怀在人生路上的铺写。近三百首诗篇中洋溢着对祖国、对民族、对锦绣江山、对家乡炽热的爱，这是他所有情怀的根。也正是因为这种大爱的情怀，才有了他这近三百首厚重隽永的华章。

华维先生于格律毕竟是初学，近三百首诗中肯定有出律的。别说是初学，就是精于此道的古人，也是常有犯规现象。《红楼梦》中黛玉对香菱说："什么难事，也值得去学？若是果有了奇句，连平仄虚实不对都使得的。"其实，这分明是曹雪芹借黛玉的嘴表达自己的见解。音律是形式，志是内容。形式与内容相比，内容永远是第一位的，一旦因规矩而伤及内容，只要不出大格，就要坚决屏弃这种束缚人的禁锢。

不过华维先生可是抱着极为虔诚的心态学写格律的。因此，他的诗总的来看，都写得很工整，有模有样。一个初学格律的人能做到这一点，可以看到他的聪慧，同时也看到了他为之付出的心血和汗水。

原本英雄气，何来宦海游。今朝回雅苑，尽可展风流。

华维先生大概和我一样，直到现在都在做着诗人梦。平民出身的我们，都得为稻粱谋，不可能像大观园的宝玉、黛玉们每天沉湎于诗情画意中，但诗人梦却时不时地在内心中涌动。如今退下来了，这个梦可以实现了。

记不得是哪位大家说过的了：真正的人生从五十岁开始。现在是21世纪，人类寿命较一百多年前长了许多。我们完全可以说，真正的人生从六十岁开始。六十岁是一个男人思维最成熟时期，六十岁以后，还有很长一段路要走。这一阶段少则十年，多则二十年，甚至更长。退下来的人们尽可在这一阶段中，放开手脚，实现少年、青年或壮年时的梦想。华维先生正是如此。

白居易在《闲吟》中这样写道："自从苦学空门法，销尽平生种种心。唯有诗魔降未得，每逢风月一闲吟。"人一旦被诗魔附了体，从此便不能自持。华维先生已入此门，一定会继续"疯魔"下去，写到疯癫出佳句，语不惊人死不休，相信华维先生会一如曹雪芹那样"披阅十载，五次增删"，用心血熬出更加精彩的诗篇。

程奎 于抚顺龙岗书屋

2017.9.19

目录

三、满韵清风

六、大地掇英

逢春踏�〔赵华维诗词选〕

七、心灵感悟

春光

律动

一、春光律动

七律·逢春踏浪来

候鸟逢春踏浪来，
遮天蔽日海江埋。
翩翩厉羽漫边舞，
翙翙抖翎绕际淮。
快闪群禽添季景，
长焦众摄抢时拍。
岸边草色无空地，
远处游船静静开。

注：1.翙（huì），鸟飞的声音。

2017.2.8

五律·春光

桃花盛艳芳，菡萏展湖塘。

柳色经风重，松青遇雨苍。

鱼虾江海戏，鸟雀碧空翔。

日月归心底，春晨献旭光。

注：1.菡萏（hàn dàn），即荷花。

2017.4.16

七律·游抚顺梨花谷

梨花似雪浩云烟，靓貌冰身簇簇鲜。

韵雅纯情如黛玉，诗魂丽质胜貂婵。

蜂蝶恋蕊甘相伴，雀鸟寻芳愿驻旋。

三月春光如美酒，心疑卧醉是人间？

注：1.欣闻4月23日将在抚顺县石文镇连刀村梨花谷举办"2017年抚顺春季旅游启动仪式暨抚顺县春季踏青赏花节"活动，特写此诗致贺！

2017.4.22

五律·春雨

迟雨贵如油，淅淅润物柔。

柳丝风荡密，草缕水滋稠。

粉杏红桃美，青山翠岭幽。

乾坤清气满，春色岂能休。

注：1.盼望已久的春雨终于在昨天下午光临了家乡抚顺，接着又下了一宿，解除了春旱。今天上午到高尔山景区走了一趟，看到翠岭青山，杏粉桃红，碧水草绿，顿觉心旷神怡。高兴之余，写诗一首。

2.草缕，即如线，如簇的嫩草。

3.乾坤，即八卦中的天和地。

2017.4.18

五律·无题

野鹤伴孤云，枯枝又遇春。

心闲身好动，趣雅笔殷勤。

借雾混烟缕，逐风倾雨盆。

郊游多丽景，醉看赋诗文。

　　注：1."借雾混烟缕，逐风倾雨盆"，余生是
像雾如烟那样混呢？还是逐风作倾盆雨那样有作
为。一定是后者。白居易《岭上云》有"自生自灭
成何事，能逐东风作雨无"之句。

2017.4.15

七律·花开高尔山

烂漫山花次第开，风梳日沐喜心怀。

幽香紫蓟梨枝密，美艳粉桃杏树涯。

绽放玫瑰摇曳摆，含苞李蕊吐芳来。

飘红坠瓣春没走，漫岭槐英似雪皑。

2016.5.24

五律 · 二月二

弦月如弓挂，星繁映万家。

龙吟暖意动，虎啸冷魂刹。

雪化枝栖鸟，风和岸卧鸭。

诗家常漫步，再诵满春花。

2017.2.27

五律·清明踏青

枯草冒新芽，桃枝欲放花。

天和风致爽，云淡日西斜。

烈酒十分劝，浓春一片华。

滨河佳景醉，拾翠忘归家。

2017.4.4

七律·岭上盛开红杜鹃

青山翠谷飘绸带，绚烂野鹃啼血开。

似焰随风延岭去，如霞伴韵漫天来。

花娇怒放西施面，朵美争妍黛玉腮。

布谷催耕春正丽，亲民杜宇释情怀。

　　注：1.每到三月中下旬我家乡的山岭上和砬头上都盛开火红的杜鹃。黛绿的山峦，似乎一夜之间着了火，燃成一片花的海洋。大红、浅红、淡粉……热烈喧闹，激情迸发，蔚为壮观。

　　2.杜鹃花又称山踟蹰、山石榴、映山红，在东北也叫达子香、金达莱。

2017.4.11

七律·君子兰报春

翩翩君子报春来，绚丽挺拔怒放开。

叶亮端庄清秀雅，朵红俊俏富雍乖。

朱桔各色争奇绽，大小相间次第栽。

只恐夜深花睡去，痴翁不寐赏芳呆。

注：1.春节过后，家中几盆君子兰争相开放。色彩绚丽，清秀高雅。噢！春天来了，特写诗一首。

2.君子兰，又名达木兰、剑叶石蒜、大叶石蒜，原产南非南部，我国广泛栽培。

3."只恐夜深花睡去"，此句袭用苏轼《海棠》诗"只恐夜深花睡去，故烧高烛照红妆"的前半句。

2017.4.9

七律·春忙

幽林寂静艳阳天，闲草萋迷漫岸边。

细雨滋芽千树绿，和风润蕊万花鲜。

畴畇阔野机耕地，灌网长渠水润田。

四月农家闲者少，秋收稻谷兆丰年。

2017.4.8

五律·赏春

春来伴煦风，天宇现归鸿。

厦映清河底，云摇碧浪中。

南堤垂柳绿，北岸翘桃红。

雨透晴方好，心同秀色融。

2017.4.5

五律 · 惜春

枯榆返绿梢，冻柳变青条。

浩浩春风起，匆匆冷雪消。

呢喃家燕落，羽翔野禽翱。

只盼花开早，忧心夏浪嚣。

注：1.呢喃（ní nán），形容燕子的鸣叫声；形容细语声。

2017.3.31

七绝·春讯

春风浩荡入关东，冷雪寒冰速化融。

偶现南天排队雁，松林暗墨变葱茏。

2017.3.29

忆秦娥·春来早

春来早，阳春三月顽童跑。顽童跑，风筝竞放，线绳牵好。

大河上下风光娆，鸿雁天上声声叫。声声叫，煦风和暖，众人欢笑。

2016.4.16

五律·冰凌花

　　剔透晶莹艳，春寒顶雪开。

　　冰凌欺不怕，冷霰辱能挨。

　　落雁花黄现，沉鱼朵紫埋。

　　天生姿色美，喜爱寄情怀。

　　注：1.每到农历二月、三月间，在我家乡大山的山坡上，湖水旁，细细找寻，都能发现一种顶着冰雪开放的艳丽小花。红的、粉的、紫的、白的晶莹剔透，娇艳无比。给枯黄和残雪履盖的大山带来了春的气息。她就是可爱的小小冰凌花。

2017.2.27

七律·雨水节气临关东

春风难度大榆关，褐雁早归说不寒。

野旷银冰无绿色，云舒黑土现青颜。

悠闲众羽水中戏，转瞬群翔宇地间。

初雨昙萌凉彻骨，清禽百啭唤春天。

　　注：1.雨水季节已悄悄来临，我国南方已是草
长莺飞，春暖花开。而东北仍天寒地冻，刚刚有点
春的萌动，有了融雪的迹象。河套里出现了一些清
潭，道路每到中午更显泥泞。总之，春向我们缓缓
走来。北归的褐雁也在呼唤春天的到来。同时寓意
盼望东北的经济随着春天的到来，早日复苏。

　　2.榆关，即山海关古称。

2017.2.18

五律·立春

红灯挂万家，雪映俏年华。

冬凛低龙首，春息翘尾巴。

河中冰尚厚，路上水延滑。

摇曳柳梢冻，拆枝现绿茬。

2017.2.3

蝶恋花·春潮

浩浩春风吹正暖，芳草新芽，绿满浑河岸。绿水青山湾百转，小树大桥依次远。

乡里地肥人不懒，不误农时，土地全耕遍。大棚不识季节变，如春四季果蔬鲜。

注：1.大棚，即温室

2016年1月8日

五律·花之恋

一树杏花鲜，蜂儿采蜜欢。

伸出滋脾蕊，恋入炽心缘。

春过情难了，年来梦又连。

山盟嗡作响，海誓落红喧。

2017.6.4

逢春踏浪本

[赵华维诗词选]

七律·咏蔷薇花

繁枝翠蔓满墙稠，粉艳群花态若羞。

映日珠缨披彩秀，接天芯蕊释香幽。

佳人买笑博君悦，武帝抛关解妾愁。

不与群芳争丽色，纯情典雅尽风流。

　　注：1.蔷薇的故乡在中国，近年在中国抚顺地区发现蔷薇叶片化石，属始新时期，要比北美发现的化石早1500万年左右。蔷薇、月季、玫瑰、木香花等为同属，有白色、红色、粉色、黄色等颜色。

　　2.“买笑花”，即蔷薇花。根据《贾氏说林》记载：汉武帝与丽娟在园中赏花时，蔷薇始开，态若含笑。汉武帝叹曰：“此花绝胜佳人笑也。”丽娟戏问：“笑可买乎？”武帝说：“可。”丽娟便取黄金百两，作为买笑钱，以尽武帝一日之欢。“买笑花”从此便成了蔷薇花的别称。

　　3.抛关，即卖关子。

2017.6.20

鹧鸪天·郊游

一树梨花抱满条，几间农舍傍溪桥。

主人耕作犁田去，黄狗看家倦蹭腰。

居闹市，绪难消。举旗携友步游郊。

田园绿色流诗意，清湛蓝天怎展毫？

2016.4.6

七律·再游梨花塘

美艳梨花映池塘，争春怒放溢馨香。

花迎贵客皆知笑，蝶伴佳宾亦懂忙。

树雪千枝迷岸上，草青一抹嵌堤旁。

拍照未觉西斜日，已忘归时炽恋芳。

2016.5.7

五律·鸿雁北归还

和风改柳颜，队队雁归还。

不恋江南地，还思塞北天。

途遥飞万水，情重越千山。

历尽艰辛苦，迎来春满园。

2016.3.13

七律·春游十里长堤

又是桃花满树稠，飘香碧水溢河流。

忧愁懊恼随它去，快乐愉欢会伴游。

万绿堤边埋没脚，群凫浪里露波头。

风情丽景如诗美，使尽榆钱把春留。

注：1.十里长堤，即抚顺市浑河（城市段）十里长堤。

2.榆钱，即榆树的果实，形似钱，故称榆钱。

2016.4.14

七律·春悟

风光景色渐迷人，早起寒凉尚有痕。

信步河边听旧韵，留足坝上看新轮。

花红草绿年复始，水碧河清春又奔。

四野知温争锦绣，东方日映彩云屯。

注：1.轮，即太阳。

2.屯，即驻，聚集之意。

2016.4.12

七律·春登天边

日撒春山绿意浓，桃花野艳雨滋红。

疏稀柳叶添妆秀，密蔽松林绘黛茏。

绪乱登高心亦敞，情舒觏见景无穷。

停足仰视三天近，远望凝眸万岭雄。

注：1.天边，抚顺高尔山一景点。

2.觏（gòu），遇见。

3.三天，即高空。李白有"腾身转觉三天近，
举足回看万岭低"之句。

2016.5.6

七绝·春色

暖日清风草木葱，蜂蝶寻蜜碌飞丛。

长焦短距留佳景，满院春光色更浓。

2016.8.19

七绝·春荷

嫣然菡萏释幽香，露水浮裙略显张。

诗放含苞羞涩美，犹如少女见情郎。

2016.6.11

七绝·春萌

雪化冰消润柳梢，浑河浩荡浪涛涛。

茫茫旷野昬无色，岸上桃枝已孕苞。

2016.5.1

七绝·布谷声声

声声布谷劝耘耕，玉鹭翩翩亮雅风。

又是一年春讯早，只听灌渠放水声。

2016.8.7

鹧鸪天·长堤春行

柳叶青青杏蕾迷，春水蓝湛荡逶迤。
浪中时现群凫戏，堤上常摇暴走旗。

劳燕子，找春泥。筑巢仍要俩心齐。
行程万里源足下，目地不达继奋蹄。

2016.9.11

清平乐·登山

　　溪花水草，弯曲登山道。莺语啾啾唱春早，户外健身真好。

　　未泯年轮童心，何惧山险林深。结伴同行穿越，风光无限销魂。

2016.2.1

卜算子·梨花塘之春

片片梨花轻，摇曳春来早。簇簇层层如雪花，喜煞百灵鸟。

塘里泛涟漪，群鲤游来了。枝上蜂蝶恋花蕊，无限春光好。

2016.1.29

五律·又见丁香花

喜雨润春纱，天晴怒放花。

千红桃色美，万粉杏姿华。

淡淡独怀雅，幽幽众不哗。

丁香唯朴素，片片漫云霞。

2017.4.30

蝶恋花·思乡梦

乡愁深深深几许？牛背童年，苦乐常萦顾。柳笛声声惊鸟鹭，戏蝶迂绕花千树。

飘瓣落红三月暮，吐蕊时光，已把心留住。芳草远山言腹愫，断肠春梦无寻处。

2018.4.30

七绝·乡愁

梨花绽放闹枝头，

亘古犁耕靠马牛。

农业如今机械化，

孤村野远觅乡愁。

2018.4.28

七绝·园区赏青

蹊花甬道墅庐挨，

百卉奇芳品第栽。

昨雨络绵淋润圃，

好风推闼送青来。

注：1.蹊（xī），即小路。
2.闼（tà），即小门。

2018.4.17

浣溪沙·三月三

杏粉桃红缀岸边，　淡烟疏柳宴筵酣。
流杯曲水缅轩辕。

线索风筝赢众眼，艳裙酥手荡秋千。
民俗雅调是清欢。

注：1.传说"三月三"是中华人文始祖轩辕黄帝的诞辰日，为上巳节。有祭轩辕黄帝，赏花踏青，在水边欢宴洗浴，放风筝、荡秋千等民俗传统。

2.清欢指纯洁美善的欢娱。

2018.4.18

五律·春思

草木现葳蕤，蜂蝶戏采菲。

桃花红润艳，柳叶绿莹肥。

靓鹭翩跹舞，娇莺唤啭飞。

明知春日短，挚手握斜晖。

注：1.葳蕤（wēi ruí），即草木茂盛之意。

2.挚即诚恳。寓意我虽已进入退休行列，但仍要把握住这段如春的美好时光。

2018.4.23

五律·园区偶得

静雅宜居宅，园区整洁佳。

池鱼摇旭日，林鸟唱夕霞。

杏粉陪家墅，桃红衬野花。

通幽寻曲径，风送几声蛙。

2018.4.25

七绝·小路春色（三首）

（一）

小路缠绵踏印痕，

真情永驻笑红尘。

醉吟山水流年去，

啼鸟野花又一春。

（二）

小道平直碾压新，

田园阡陌路边村。

风光按季无声换，

最数桃红那片春。

（三）

小泾花明美韵匀，

蜂蝶醉引觅香人。

风拂粉黛婀娜舞，

斗色鲜衣满路春。

2017.11.30

难忘

乡愁

二、难忘乡愁

山花子·游清原夏湖

涧底潺溪细浪涓，眉峰盈眼滴成潭。

云动崖闲映湖面，镜中观。

绿树浓荫遮夏日，莺歌蝶舞野花鲜。

智水仁山心逾静，惑人间？

2018.1.3

五绝·酒醉

雪夜骤风寒，摇摇酒肆翩。

诗魂深度醉，伴我上云天。

2017.12.15

七绝·丽鸟宿枝

初晴雪夜岸灯华，

倦鸟枝头暂做家。

远道为寻红豆果，

相依皓月宿寒枒。

注：1.为老朋友徐永军先生摄影佳作配诗一首。

2.丽鸟，即俗称太平鸟，学名朱连雀。冬天爱吃银冬红果、柏树绿果等。

2017.12.4

五律·夏夜观流萤

流萤闪夜空，拽火映眸瞳。

细雨淋难灭，轻风荡愈浓。

星稀千尾亮，月暗万腹红。

盛夏清无暑，叟心同景融。

2017年7月25日

五律·北山听蝉鸣

酷热树蝉鸣，独吭众响应。

音高传远谷，曲厉震长亭。

残暑声声尽，新秋步步行。

寒霜如号令，鼓噪骤无声。

注：1.北山，即抚顺高尔山风景区。

2017.8.14

七律·赞菊

飘红落叶又逢秋，唯有芳菊正吐幽。

斗艳经霜花更靓，争奇过雨韵才柔。

从容怒放抛名利，淡定娇开弃贵优。

短暂人生能几载？与其对比已知羞。

2017.9.10

五律·秋登三块石

石耸瑞云端，雄姿镇百川。

峰涛叠浪涌，树海起波澜。

野旷胸怀远，天辽眼界宽。

秋霜亲润色，赤叶遍山燃。

2017.10.13

逢春踏浪来
［赵华维诗词选］

七绝·观崖上秋松

秋峰隐夜露真身，
峭壁虬枝锁老根。
翠色苍然迎远客，
经霜傲立恍如春。

2017.10.12

七律·赞手机

网络时空近距离，天涯海角便捷奇。

新闻微信可支付，摄像导航能算题。

打字录音兼备忘，下厨日历储名医。

休闲娱乐看天气，工作生活赖手机。

注：1.赖（lài），即依赖。

2017.10.11

[赵华维诗词选]

五律·秋别

冷瑟醉秋枫，寒凉日渐浓。

云闲别野鹭，天淡送禽鸿。

路险千山远，涛惊万水重。

长风能破浪，志大邀苍穹。

2017.9.14

七绝·芦花荡秋

冷夜凄风月似钩，

池荷岸柳已知愁。

芦花不畏寒凉苦，

染就飞霜荡美秋。

2017.9.27

七律·塞北秋色

秋霜染醉五花山，色彩斑烂漫大川。

残暑随风辞旧圃，初寒伴露造新园。

丹枫似火连天映，柞栎如霞遍地燃。

雁队多情唉咽叫，声声眷故恋魂牵。

2017.9.30

五律·登高望明月

中秋夜月明，万里洗寰瀛。

朗朗乾坤净，泱泱宇宙清。

民安官品正，国泰众心宁。

眺远凭高望，目穷绪未停。

2017.10.4

七绝·梦嘱

晓觉楼檐月挂西，

连篇偶断梦依稀。

慈祥老母光鲜在，

告诫愚儿嗜布衣。

　　注：1.老母已去世多年，如活到现在已有105岁，母亲在世时常告诫我"不管当什么官都不要忘记是农民的儿子，不论在什么时候都要保持老百姓的本色"。现在有时晚上做梦也时常梦到母亲告诫我的情景。

　　2.嗜，即喜爱。

　　3.布衣，即贫民百姓。

2017.11.5

七绝·红叶天骄

铁干银枝几点红，

经霜过雨亦从容。

秋风冷瑟飘千叶，

唯有天骄色更浓。

2017.10.16

五律·霜晨思乡

秋风瑟瑟凉，

草木夜结霜。

雁叫惊晨月，

鸡鸣唤早阳。

陈宅心际绕，

老院梦中藏。

都市虽闲乐，

难如我故乡。

2017.10.23

七绝·红蓼秋风

秀蓼红颜漫水旁，

娟娇俏丽竞群芳。

微施粉黛纯情女，

有意秋风嗅暗香。

注：1.红蓼（liǎo），草本植物，花小，红色或粉或白色。干如青竹，节间膨大，青里透红，生长在水边。

2017.10.16

七绝·重阳醉酒

玉露成霜冷叶红，

含情菊色展娇容。

狂翁醉叹秋光短，

挽住征鸿不见冬。

注：1.征鸿，即南去远征的大雁。

2017.10.30

踏莎行·故乡哈达

土沃田良，两河流注，堪称世外桃园处。煦风春日去残寒，声声杜宇啼不住。

乡里乡亲，民风朴素，砌成情意无重数。归来邮递送家书，欣闻正赶康庄路。

2016.1.23

五律·寒冬夜

数九寒冬夜，更深月照窗。

同学将会面，发小述衷肠。

大地相同雪，星辰怎两乡？

衰龄思幼岁，辗转不眠床。

2016.12.18

五律·小雪

转朔阴风阵，天飘乱絮花。

冰结河坝堰，霰化路泥洼。

阁静萦思绪，途长最念妈。

朦胧中老母，喊我早回家。

注：1.虽然老母亲早已不在了，但每当季节变化的第一时间还是想到了她老人家。如在天有灵，老母在这个寒冬季节也一定在惦念我啊。

2.朔，即北。

3.霰（xiàn），水蒸气在高空中遇到冷空气凝结成的小冰粒，在下雪前往往先下霰。

2016.11.22

五律·大雪

大雪如期落，飞天劲舞花。

白银千里覆，琼玉万庭家。

谷静无飞鸟，林幽隐径遐。

山川仍蓄势，春暖吐芳华。

2016.12.8

望江南·重回罗台山庄

情未了，入梦即难收。惜别罗台今又至，一园景半坡小楼。往事涌心头。

无人迹，杂草遇深秋。昔日山庄早来客，今朝门上锁长留。回望思悠悠。

注：1.1987年11月至1990年2月，我曾在罗台山庄担任过副院长，后期主持工作。2015年秋，我与同在罗台山庄工作过的老朋友刘俊安、郭振林回山庄探视。歇业后的山庄撞击着我们的心灵，往事涌心头，人去楼空，思绪悠悠……

2016.10.16

鹧鸪天·回故乡

昨夜急风暴雨稠，晨晴新绿更清柔。

阔杨垂柳沿途树，红瓦白墙车外楼。

人别后，泪常流。朝思暮想忆乡愁。

儿时发小今相见，犹恐重逢梦里头。

2016.1.11

七律·瑞雪故乡行

银装素裹故乡白，壑满川平瑞雪皑。

剔透琼瑶添变幻，玲珑琥珀始出来。

碧空似洗神情爽，皓野如涤郁懑排。

一片归心人已醉，群山扑面满情怀。

注：1. 2月21日夜，沈抚地区下了一场较大的雪，约10厘米厚。将刚有点春意的时光，一下子拉回到了严寒的冬天。故有感而发。

2. 壑（hè），即山沟或大水坑。

3. 琼瑶（qióng yáo），即美玉。

4. 皓（hào），即白。

5. 懑（mèn），即烦闷。

2017. 2. 23

七绝·父亲节有感

石磨陈闲半世多，

今朝睹物注情梭。

辛勤老父乾坤转，

碾碎年轮背已驼。

注：1.今天是父亲节，每逢佳节倍思亲，更加怀念他老人家。父亲是1907年生人，今年五月廿三是他老人家诞辰110周年。他是1989年去世的，那年他82岁。我们小的时候生活在农村庄稼院，父亲一生劳苦，为抚养我们兄弟姊妹，他与母亲一起吃尽千辛万苦，一年四季都在不停地劳作。他一生是平凡的，但在我心中永远是伟大的。他勤劳、善良、忠厚、老实，为人诚恳。他是我心中永远不朽的丰碑。

2017.6.18

五律·思母

星繁月照窗，日想夜思乡。

挂肚唯阿玛，牵肠数讷娘。

儿行足迹远，母伴泪痕长。

每次离别去，端详又打量。

注：1.六一国际儿童节，写点什么？思来想去，还是写妈妈吧！不为什么原因，因为想妈妈了。虽然老母已不在多年，每逢佳节，第一时间还是想到她老人家。

2.阿玛，满语爸爸。

3.讷娘（额娘），满语妈妈。

2017.6.1

七绝·两首

盼雨

闷热黄昏望外呆，人匆燕掠过前街。

扇凉静等柳梢动，树摆枝摇雨欲来。

喜雨

喜雨姗姗今晚来，天公作美特安排。

郊田旱象知何似？晓见园蕉一夜开。

2017.6.18

七绝·晚霞

光阴荏苒叶知秋，

岁月无情染白头。

落照桑榆金烁灿，

微霞绚丽伴云悠。

2017.7.1

五律·烈日炎似火

骄阳似火烧，热浪炙青苗。

万里无云影，千畴现叶焦。

期求天赐雨，企盼地还潮。

抗旱夺丰产，平安我大辽。

注：1. 最近一个时期辽宁大地干旱无雨，持续高温，从6月14日起，连续四天局地气温高达近40摄氏度，为历史罕见。

2017.6.17

鹧鸪天·致同学

　　短训开学盛夏天，五湖四海汇成班。
书声琅琅勤学女，笔记篇篇刻苦男。

　　追注事，叹坤乾。白驹过隙四十年。
人生苦短匆匆过，红酒一杯叙悲欢。

　　注：1.今天是我们"七四届"辽宁省委培训班
开班四十周年纪念日。也是我们近四十名同学参加
工作四十周年纪念日。今天贾本重、高振双和陈昭
奇同学纷纷来电祝贺！欣然填词，以资纪念。

2014.7.14

五律·长亭老同学相聚

湖边翠草青，发小聚长亭。

欢笑情如旧，相拥泪已盈。

谁评家富有，哪论业功成。

岁去生华发，童真永固凝。

2017.6.10

七律·正月十五夜

火树银花映雪开，龙腾狮舞踏歌来。

一轮浩月谁闲坐？万盏花灯我抢拍。

泄泄和融情不尽，陶陶喜乐绪开怀。

普天共庆同欢度，火爆迎春俗不衰。

注：1.元宵节是中国具有2000多年的传统节日。"正月十五闹元宵""正月十五闹花灯"，一个"闹"字道出了元宵节奔放、欢腾、火爆，也道出了元宵节与其他节日的与众不同之处。合家团聚，普天同庆，彰显了他的内涵。

2.泄泄（yìyì），古字，快乐的样子。"大隧之外，其乐也泄泄"，引自《左传》。

3.陶陶，即欢乐舒泰的样子。

2017.2.11

七律·抚顺夜色美

塔傲群山更伟巍，桥披晚照熠生辉。

银涛锦浪谐歌舞，粉杏红桃映酒杯。

夜静星繁显路绰，更深月亮照楼眉。

霓灯浩瀚天河落，大美人间撒雨霏。

作于2016.8.17

改于2016.12.12

七律·纳凉听书

大树繁荫避暑炎，天南地北讲书坛。

红楼柔梦成千古，水浒豪情化万岚。

半盏清茶飘古韵，一屏旧扇韫新涵。

成丝鹤发心难老，欲借东风驾骏骖。

注：1.岚（lán），山中的雾气。

2.骖（cān），古代驾在车前两侧的马。

2017.5.31

七律·有感新华桥下千人大合唱

银涛碧浪伴豪歌，荡气回肠曲目多。

众乐合弦河景美，群音混唱塔巍峨。

凄风冷雨情难减，酷暑炎天志不挪。

倒海翻江潮涌动，声声热恋大浑河。

　　注：1.今年入夏以来，每天晚上，浑河岸边新华桥下，都自发地聚集一两千人的合唱队伍（男女老少均有）。他们有精明的指挥，有阵容强大的管弦乐队，自带歌本，高唱红歌，既锻炼了身心又传播了正能量，反映出抚顺人积极向上的精神风貌，也体现了国泰民安的中国风彩。

　　2.塔，即高尔山辽塔。

2017.6.21

鹧鸪天·虎殇

　　林茂苔滑谷壑深，常听吼啸在东岑。
惊闻猛虎藏山里，惙愕乡人丢魄魂。

　　无行迹，去王音。惨遭杀戮怒国人。
皇皇大法应遵守，瑰宝何能毙我门。

　　注：1.东北虎是国家一级保护动物。2001年突现新宾县大四平乡样子沟山林中，被偷猎者杀害，震惊全国。

2016.4.22

千秋岁·团聚

　　大寒寒在，时已临残岁。心绪乱，步声碎。早知乡路远，只盼车行快。久不见，亲人只在视频会。

　　忆去年相聚，在大姐新宅。手足情，互依赖。久别心依旧，相视朱颜改。泪盈眶，骨肉亲情深似海。

2016.1.25

七律·离别

月斜星淡天将明，儿要赴职踏远程。

慈母忙厨包水饺，老爹生火作糕羹。

赠言不忘家乡苦，寄语常思事业忠。

父母劬劳为子女，终生最记舐犊情。

 注：1.回忆1974年7月参加工作离开家乡时的情景。

2016.4.18

五律·外孙元川四岁题记

外孙四岁童，属性是条龙。

炯眼真清澈，华堂俏面容。

顽皮趄可爱，敏锐记识聪。

漫漫人生路，传承勇且忠。

注：1.外孙佟元川2012年夏生人，属龙。希望外孙好好学习，积极向上，德智体全面发展。继承祖传的勇敢、诚实的精神，忠于祖国，忠于人民，服务于祖国，服务于人民。

2016.4

七律·后山攀岩

我与后山结少年，后山曾记那春天？

新硎初试何为险，老壁陈岩只等闲。

岭瘦如削无道走，峰高似柱有崖连。

学猿仿鸷旋登顶，发小顽童浮眼前。

注：1.硎（xíng），即磨刀石。
2.旋：不久。

2016.5.20

鹧鸪天·高尔山寺庙

辽塔巍巍高入云，层叠庙宇映光粼。
登临山顶回头望，朝拜路途接踵人。

佛面善，众心诚，诵经击磬古延今。
高香束束烟飘远，宿愿悠悠在诸心。

作于2016.11.26
改于2017.1.29

杂言诗一组·登高尔山

（一）

血样日，银白霜。场街舞，鼓乐锵。

湖碧水，残荷秧。岸边路，人淌洋。

（二）

绿草地，鹿群祥。泾幽曲，隐岭岚。

路陡峭，荆稂茫。叶红透，松绿苍。

（三）

辽塔伟，庙堂煌。云端里，气势磅。

耸立北，将军峰。墙城下，马道藏。

（四）

月亮谷，观穹苍。太阳岛，沐日光。

林海密，雷锋坊。元帅写，万代长。

（五）

山坳里，蝴蝶塘。清泉水，琼液浆。
古隘险，留残墙。天门立，现旧迹。

（六）

松鼠跳，气候凉。寻秋果，冬储忙。
喜鹊叫，山鸡翔。和谐美，生态良。

（七）

无尽路，伸远方。翻岭过，越壑岗。
神树茂，名声扬。留心愿，乞健康！

（八）

放眼望，壮山江。天边美，峻岭莽。
宇地朗，家国强。凌绝顶，万众吭！

注：1.高尔山是抚顺市区浑河北岸的一座山峰，海拔152米，虽不高，但山势险峻。高尔一说是满语"槐花"之意。站在高山之颠南望抚顺市区尽收眼底，向北望万岭起伏雄浑，绵延远方。晋隋唐时期曾为高句丽（地方政权）西北重镇，名曰新城，后称贵端城、也称北山。

2.稂（láng），即狼尾草，一种山草。

3.元帅题，即徐向前元帅题写的《雷锋林》。

4.远（háng），即古称道路，也有野兽、车辆经过的痕迹意思。

作于2016.11.16

改于2017.2.27

七绝·抚顺劳动公园三首

（一）

亭台楼榭映斜阳，万点金鳞树影藏。

已是申时天未晚，荷花依旧缀柳塘。

（二）

小船湖里荡悠悠，细雨轻风催早秋。

同结两心垂柳处，摇来双桨共舟游。

（三）

百花艳艳满芳园，碧水粼粼依柳边。

不是春神已走远，风光眷恋驻湖前。

2016.10.6

五律·落雪感怀

天公手笔奇，雪落大如席。

续续难分舍，涂涂眷恋离。

门封沟漫满，树闹鸟饥叽。

剔透羊脂玉，逢春化沃泥。

2016.1.17

七律·归心

未尽寒凉暖意和，初升月亮晚霞挪。

归心似箭翻关岭，转眼如飞过浑河。

老父劬劳双手茧，母亲辛累腰背驼。

闲时爱落思亲泪，恐是思儿泪更多。

注：1.劬（qú），劳累。
　　2.关岭，浑河地名。

2016.5.23

七律·浑河夏图

河边绿草岸林森，水过鸳鸯起浪痕。

渚上寻食鹭密落，河中觅饵鲤群临。

风翻亮羽鹅游戏，雨过展翎雁洗尘。

湛湛蓝天云淡处，禽嬉鸟乐野无人。

2016.6.13

五律·穿越滚马岭

路陡险重重，奇峰好锦茏。

千壁独泉渗，万壑百苍松。

马易失蹄岭，人难辟嵴丛。

登高凝远望，日跃一边红。

注：1.滚马岭，位于辽宁省清原满族自治县境内，是浑河的发源地。

2016.8.15

七绝·秋院

硕果盈盈压树头，

蝉鸣蛐和已知秋。

虽然正午有炎日，

翠减红衰蝶亦愁。

2016.8.9

五律·夏登天边二首

（一）

山溪涧水迭，烈日渐西斜。

快步天边去，相伴好友结。

山中崎陆路，险段木为阶。

蓟密疑无泾，人行履踏捷。

（二）

林荫道曲斜，偶见草庐别。

岭上花还艳，蕊中蜂未歇。

乡国绝顶望，万岭似涛叠。

壮丽吾天地，绝无景致竭。

2016.7.30

七律·端午节

汨罗江水古今流， 竟渡深悲涌浪头。

爱国屈原撰大赋， 昏庸权贵废鸿猷。

汹涛一跃多惆怅， 楚地几朝无骏骝。

千载寻魂情未了， 颗颗香粽寄哀愁。

注：1.屈原，中国战国时期楚国人，杰出的政治家和爱国诗人。据《续文谐记》和《隋书·地理志》载，屈原于农历五月五日投江自尽。中国民间五月五端午节包粽子、赛龙舟的习俗就源于人民对屈原的纪念。1953年，屈原还被列为世界四大文化名人之一，受到世界和平理事会和全世界人民的隆重纪念。

2.大赋即《离骚》。描绘了美政的理想和实现美政的具体方案。

3.权贵指楚怀王和顷襄王统治集团，他们卖国求荣，残害忠良。

4.鸿猷（yóu），计谋、打算，宏伟的计划。

5.骏骝即骏马。古书上指黑鬣黑尾巴的红马为骝。这里指才俊好官。

作于2016.6.9
改于2017.1.6

七绝·园区看芭蕉

花香满院竞妖娆，

最爱高墩那簇蕉。

蜀地仙婀来作客，

冠红叶绿好媚娇。

2016.8.24

逢春踏浪
[赵华维诗词选]

七绝·池边观荷

新晴偶坐水边亭，

灿烂芙蓉笑靥迎。

翠绿密匝圆亮叶，

幽香阵阵似传情。

注：1.芙蓉，即荷花。水里生的荷花叫草芙蓉，也称菡萏。

2016.8.22

七绝·驱霾

寒雨凄凄打木棂，

雾霾滚滚困吾城，

悟空去借芭蕉扇，

横扫烟云万里晴。

2016.11.26

七律·春祭

林疏路陡枯黄草，细看松梢露嫩芽。

百木期求淋润雨，千枝渴望吐艳华。

怀思故祖扫家墓，缅念先人敬绚花。

老辈恩泽萦绕久，延情代代满天涯。

作于2016.4.4
改于2016.12.24

七律·海浪乡墅一聚

瑞雪红灯墅景佳，韩梁岭下有人家。

深宅古色飘清韵，大院新颜富丽华。

好酒三巡双耳热，佳肴五味众人夸。

亲朋老友衷肠述，一缕夕阳共晚霞。

注：1.韩梁，抚顺县海浪乡古时称韩梁寨。
2.清韵，即清朝的建筑风格。

作于2015.12.10
改于2016.12.23

七绝·菘园

晨清雀叫日出东，老汉挥锄种晚菘。

撒下圆圆颗粒种，深秋满町郁葱葱。

注：1.菘（sōng），即白菜。

2.町（tǐng），即田地。

作于2016.8.11

改于2016.12.12

七律·赠赴南方旅游的朋友

昨晚风嚎响彻宵，今晨冷雨浸湿潮。

天南地北隔山远，江北江南域地辽。

昼夜兼程身体好？披星戴月面容憔。

愿把担心换美景，还将思念化妖娆。

2016.4.21

七律·三块石

蔽日林繁小路盘，山重水复岭绵连。

补天娲女腾云走，落地奇岩漫雾悬。

酷夏雨淋和日晒，严冬雪覆与冰寒。

红尘滚滚倏然过，沧海茫茫荡大川。

注：1.三块石，传说是远古女娲补天时落下的三块擎天柱。三块石在辽宁省抚顺县境内，山高路险，原始森林茂密。四季风景优美，山脊上有三块巨大岩石，故称三块石。抗日战争、解放战争时期是我党我军的根据地。如今旧貌变新颜，已成为远近闻名的风景区。

2016.3.2

七律·观鸳鸯戏水

红毛翠鬣戏清河，对对双双好放歌。

展翅蓝天旋水叫，浮翎碧浪驻滩和。

匆忙小憩沙凉穴，久恋常歇草热窝。

岸上情人牵手看，垂枝柳叶把身遮。

注：1.红毛翠鬣（lie）兽颈上长的毛，形容鸳鸯的美丽。

2016.3.14

五律·大伙房水源地

碧碧一池水，甘甘是宇捐。

款款滋大地，汩汩入心田。

袅袅吾辽沈，人人受爱偏。

朝朝呵护她，岁岁释安然。

注：1.大伙房水库是辽宁省七城市饮用水水源地，七城市包括抚顺市、沈阳市、辽阳市、鞍山市、营口市、盘锦市和大连市，是2300多万人口的生命线。

2016.1.26

109

五律·故土亲

午夜甘霖雨，清晨草木深。

眼前长岭卧，耳畔小溪音。

认我缠绵路，知夫最爱林。

身旁家燕绕，满满故乡心。

2016.4.20

七绝·菜园

小院畦畦品种全，芹葱韭蒜大甘蓝。
黄瓜苦苣茼蒿菜，密密芫荽绿满园。

注：1.芫荽（yán sui），即香菜。

2016.8.12

七律·红河峡谷漂流

翠峪红河浩浩然，峡中水战似童年。

千人互射惊峻岭，百桨博激战险川。

年岁性别均忘却，忧愁恼怒释安恬。

枪淋弹雨中天日，握手惜别尾岸边。

注：1.景区位于辽宁省清原满族自治县大苏河乡。漂流全程12.8公里，漂流时间2.5小时，被誉为中国北方第一漂，素有东北小三峡之称。

2016.7.25

七绝·故里寻旧

仲夏乡间一路花，归心未觉路遥遐。

陈居旧所无踪影，俺燕双双落那家？

注：1.燕子是一种有灵性的候鸟。据说无论是飞千里万里，来年春天还会找到北方的家，而且代代相传。

2016.8.15

五绝·银杏树

银杏探篱笆，金黄一抹霞。

霜欺枝更茂，日照叶如花。

2013.10.26

七绝·深秋

岁岁叶红红满坡，年年秋雨雨山河。

迷人最是深秋日，鸿雁一行向远歌。

2013年深秋

望江南（双调）·花喜鹊

　　花喜鹊，枝上落一双。满院树花飘杏雨，听得心悦唤晨光，天性报吉祥。

　　良辰到，奏乐曲悠扬。不等拜堂结束后，伴着春讯落远方。知是为谁忙？

2016.5.9

七律·抚顺西露天矿

鲲鹏展翅遨青天，

鸟瞰深坑半个边。

琥珀雕镂绝顶美，

煤精镟刻尽高端。

千掘矸石乌金滚，

百炼油岩白浪涓。

浩渺深邃盘路远，

惊殊世界大奇观。

注：1.毛泽东主席1958年2月13日视察抚顺西露天矿题写了"大鹏扶摇上青天，只瞰煤海半个边"之句。

2.本诗其中"石""白"均是入声字，为仄律。

3.乌金指煤炭。

4.白浪指石油。

2017.11.8

七律·秋游猴石公园

古栈迤逦鸟道长，黄金染透大龙冈。

神奇鹜岭迎宾碌，造化猴石会客忙。

谷邃幽深昨日雨，柞枝岁老早晨霜。

阳光幻化多红叶，摄影独衷醉树旁。

2016.9.9

秦楼月·元帅林

秋风瑟，陵园寂寂心悲切。心悲切，漭漭烟水，朦朦山色。此身何难入空穴，石人石兽泪犹血。泪犹血，家亡国破，凄风残月。

注：1.元帅林是少帅张学良为父张作霖大帅修建的墓园，"九·一八"日军侵占东北后，东北军遵蒋不抵抗命令，来不及将其父安葬园帅林就撤入关内。因此，元帅林一直为空冢。

2016.1.29

七律·摘樱桃

傍海青山果木多，樱桃树下唱春歌。

经风玛瑙依枝掛，过雨珍珠附叶波。

鸟雀多情来探视，蜂蝶恋旧注穿梭。

园香四溢飘千里，老友尝鲜笑满坡。

注：1.2005年6月13日（农历端午节），应朋友之邀到大连旅顺口采摘樱桃。此景，依山傍海，果园飘香。此情，老朋友相见分外高兴，终生难忘。特作此诗留念。

作于2005.6.13

改于2017.3.14

七律·红海滩秋晚

苇海无垠恋浅滩，芦花浩荡隐归帆。

根盘错节千枝攒，惠畅清流万叶鲜。

远岸红蓬托落日，近堤赤草漫连天。

相依倦鸟期明月，结伴肥鱼觅晚餐。

注：1.这是盘锦红海滩秋晚的景色，很美，留下了深刻地印象，以此为记。

2017.9.20

七律·医巫闾山

昔时北镇隶幽州，造化雄奇伟且柔。

近睹千崖峰逸耸，远观万壑岭无休。

石棚细瀑如帘落，盛水巨盆尽数收。

阁塔楼台棋点缀，苍然遒劲御书留。

注：1.舜时把全国分为十二州，每州封一座山为一州之镇，闾山被封为北方幽州的镇山。因有了医巫闾山才有了北镇。

2.石棚细瀑是著名的看点，巨大的天然石棚里端坐着众佛像，细瀑如帘如丝从天徐降。正好下面有一天然巨大石盆接住天水，常流不尽。奇哉！怪哉！

3.御书。"医巫闾山"苍然遒劲四个大字，为清帝乾隆题留。

2016.5.16

五律·穿越核伙沟大峡谷

山高路泾幽，树密叶知秋。

峭壁攀松翠，岩台落鸟鸠。

头悬红果累，耳畔淙涧流。

万丈耸崖顶，农家把客留。

　　注：1.核伙沟风景区位于辽宁省本溪南，属辽阳市辽阳县寒岭镇管辖，是著名的辽宁断裂带大峡谷。在我国大东北，罕见发现在崖上居住几十户人家，他们自给自足，过着桃花园般的生活。他们除耕田种地外，还大力发展旅游事业。此山，山势险峻，峰陡谷深，林森水丰，素有东北"小黄山"之美誉。此处，主要景点有：双狮岩、梦笔峰、断桥、瀑布、清泉、迎客松和鸽子洞等。此情，农民情真意切，热菜、热酒、热情人，让人流连忘返。此地也是鲁美画家的写生地，是游人的好去处。

作于2016.5.8

改于2017.1.19

五律·北普陀山

净土映晚霞，观音饰彩袈。

银瓶盛圣水，俯望锦天涯。

暮鼓回山响，晨钟绕谷峡。

慈悲天下事，信众遍山匝。

注：1.北普陀山位于辽宁省锦州城西北七公里，与舟山群岛南普陀山隔海遥遥相望。唐武德元年修建，距今约1400年的历史。后又不断修扩建。辽代时，太祖耶律阿保机长子耶律倍长居此山。

2.匝（zā），在这里是满的意思。

2016.8.28

杂言诗·游笔架山一组

（一）

神奇近海山，距岸二里三。

笔架浮波卧，图描绘海天。

潮来离岸去，水落露沙滩。

日日涛来走，天天备马船。

（二）

三仙曾降此，筑垒垫深渊。

历尽千辛苦，添石赐世间。

劳师工未竣，玉帝唤回天。

远古留佳话，传说叙万年。

（三）

三清殿壮观，建筑哪一般。

主体石结构，风格翘角檐。

神灵阁内供，信众拜临瞻。

站顶远方眺，纯蓝海色天。

（四）

石刻组巨雕，气度特非凡。

远古开天地，浑沌变蔚蓝。

巍嵬龙寺庙，佑我渔家男。

大海平辽阔，国兴盛世安。

2016.5.18

七律·再游盘锦红海滩

滩涂赤艳地如烧，绛锦连霞天界高。

水畔泽国禽鸟乐，河梢海域汛鱼潮。

鹄飞鹤舞芦花伴，蟹戏虾顽苇叶摇。

满载蓬船秋色好，辽南醉美富丰饶。

注：1.红海滩位于辽宁省盘锦市，是我国乃至世界的一大奇观。每到夏秋之际，浩瀚无际的碱蓬草红透海边滩涂。无边无际的芦苇镶嵌在周围。这里是丹顶鹤的故乡，是各种水鸟的乐园。这里也是鱼米之乡，盛产河蟹。

2.绛（jiàng），即赤色，大红。

3.鹄（hú），水鸟，形状像鹅，体较鹅大，鸣声宏亮，善飞。

2017.9.26

七绝·北镇青岩寺

暮鼓晨钟荡谷悠，青岩陡峭雾中楼。

歪脖老母洞中坐，普渡生灵信众求。

注：1.青岩寺位于辽宁省锦州北镇市常兴店镇西部，传说在安放观音老母时，山顶上的石洞稍矮一些。此时奇迹发生了，用石头雕塑的观世音竟将头一歪，进入石洞中，故称"歪脖老母"。

2016.5.21

七律·汤岗子温泉

千山脚下有神汤，暖暖涓流似乳浆。

自古疗伤能治病，而今保健赐安康。

唐朝太宗喜温浴，末帝清皇恋热塘。

葺扩又迎中外客，泉神水圣美名扬。

注：1.汤岗子温泉位于辽宁省鞍山市南。

2.唐太宗李世民在征战高丽时，在此洗浴。

3.中华人民共和国成立后，清末代皇帝溥仪在抚顺战犯监狱改造，通过洗心革面后，在此进行疗养。

2016.1.9

鹧鸪天·观朝阳古化石博物馆

地裂山崩火助风，天塌星落恐龙终。
土埋履盖千层底，尘压封陈亿年中。

剥丝茧，露真容。鸟嬉龟动翼飞龙。
花开叶茂随风荡，石韵陶然那有穷？

2016.3.26

七绝·千山一组（中华新韵）

（一）

净土峰峦万秀重，云蒸霞蔚蔽真容。
都说此处莲花美，雾散云开现芙蓉。

（二）

涌动松涛万壑嚣，攀登陡壁五佛高。
飞身已过天一线，古刹晨钟荡谷敲。

（三）

暮鼓梵音颂大佛，太平盛世醒复活。
江山万代如红日，佑我中华奔富国。

注：1.千山位于辽宁省鞍山市东部。

2.大佛，即石佛。在千山深处有一巨石，如同
大佛，栩栩如生。据说20世纪80年代末才被发现，
从此，参观拜谒的人络绎不绝。

2016.3.7

七绝·丹东凤凰山六首

（一）老牛背

突兀峻岭一神牛，峭壁悬崖卧上头。

站立牛身瞰谷底，头晕目眩似魂丢。

（二）大石棚

硕大石棚望宇穹，遮风避雨洞中容。

冬温夏爽自然幻，好似龙王弃旧宫。

（三）箭眼峰

造化神山箭眼峰，真功力射定辽东。

安邦固土夸薛礼，战乱平息立大功。

（四）涧水飞涛

涧水飞涛似雪花，溪石撞水响琵琶。

中流砥柱安然在，日夜奔流盟洗刷。

（五）凤凰洞

智水仁山有洞天，传凰爱凤恋栖间。

冬来夏去苍桑史，巨卵仍留在此山。

（六）天下绝

凌空驾雾似神仙，磴磴攀爬上顶端。

大喝一声天宇抖，云开日映心广宽。

注：1.丹东凤凰山风景区是辽宁四大名山之一（千山、药山、医巫闾山、凤凰山），集雄、险、幽、奇、秀于一身，融自然景观与人文景观为一体的山岳型风景名胜区。主要景点有老牛背、大石棚、箭眼峰、洞水飞涛、凤凰洞、天下绝等。

2.薛礼，即唐朝名将薛仁贵。

2016.9.2

七绝·咏枫

清秋一片遇霜刀，

百蕊失魂俊面憔。

荷尽秧残花谢去，

枫红叶艳伴寒娇。

2017.9.5

五绝·雁宿滩

白露夜初寒，雁归栖宿滩。

蒹葭花衬月，梦远志高天。

注：1.蒹葭（jiān jiā）花，即芦花。

2017.9.6

五律·无题

婵娟美艳春，丽质好清纯。

巧笑双腮倩，抛眸满眼魂。

德才生睿智，苦难塑良身。

最恨风摇幕，几回误启门。

注：1.婵娟，旧时指美人。

2.宋代晁端礼《清平乐》中有"最恨细风摇幕，误人几回迎门"之句。

2017.8.17

五律·处暑

处暑夏炎消，云闲雁雀高。

清风拂热躁，细雨荡烦焦。

梦绕家乡月，心飞故镇郊。

枝头结硕果，田里可丰饶？

2017.8.23

七律·七夕节

银河浩瀚际无边，燕鹊搭桥蔚壮观。

织女情深柔似水，牛郎意重峻如山。

纤云弄巧陪相会，隐月含羞伴叙缘。

一度缠绵思万缕，星移斗转盼来年。

2017.8.28

七绝·秋夜

清秋满月淡星稀，

夜色苍岚滟水迷。

静谧霜天生醉叶，

层林染透万山奇。

2017.8.29

逢春踏浪东 〔赵华维诗词选〕

五律·梦归故里

明月破云开，天公巧剪裁。

金波维水渚，白鹭宿礁台。

华发离家去，苍颜觅故来。

临乡思更切，一梦释情怀。

注：1.维，即连结维系。

2.水渚（zhǔ），即水中间的小块陆地。

3.礁，即海、江（河）中的岩石。

2017.8.30

七绝·山菊花

菊开簇簇染山梁，

白艳金黄暗自香。

飒飒西风八月雨，

丹枫浅草伴花芳。

2016.8.22

五律·觅秋

亲水盼炎收，垂纶树下幽。

远天云淡絮，近岸草深稠。

日渐西边落，波澈北面流。

悠然升晚月，独钓夜来秋。

注：1.纶，即渔线；垂纶，即钓鱼。

2017.8.16

五律·山村秋色

晨凉露变霜，冷叶染红黄。

溪水绕山远，薄岚罩寨长。

秋来瓜果累，夏过稻菽香。

雾断晴方好，楼楼映暖阳。

2017.9.4

十六字令 冬

（一）

冬，

玉树琼枝蘸雾凇。

连天秀，

涂就白寒宫。

（二）

冬，

凛冽寒风扑老松。

威严立，

抖雪傲苍穹。

（三）

冬，

素裹银装几点红。

娇枫叶，

情是故乡浓。

注：1."白""扑"均为入声字，为仄律。

2017.11.21

三、满韵清风

五律·颂后金名将武勋王扬古利

一臣佐两皇，唯我武勋王。

百战皆成胜，十谋九妙囊。

忠诚犹忘死，勇敢不言伤。

跃马渡寒水，踏平万里疆。

注：1.今年是后金名将武勋王舒穆禄·扬古利
牺牲380周年，正逢舒穆禄氏巡根考察团来沈阳、
抚顺考察，特作此诗纪念先祖。

2017.9.21

七绝·旗袍故里春满园

桃开杏绽满园香，

秀女旗袍雅韵装。

美艳群芳莞尔笑，

惊殊世界炫东方。

注：1.旗袍顾名思义即旗人（满族）妇女穿的
袍服。经过时光的流淌，年代的演绎，可分为民间
旗袍、宫廷旗袍、民国旗袍和现代旗袍等。

2017.12.25

七律·兴京感怀

三关翠色雁连天，众羽金风荡醒山。

启运兴京情不尽，清朝故里梦应圆。

八旗将士龙腾岗，万骑精兵虎跃川。

日暮长亭怀大业，江河浩瀚叙从前。

注：1.兴京是清朝入关后封现新宾县和周围部分区域为"天眷兴京"，同时封沈阳为"盛京"。

2.三关，即现新宾满族自治县西北部的"雅尔哈关、代珉关、扎喀关"，合称后金三道关。

3.骑（jì），如白居易《长恨歌》中"千乘万骑西南行"。

2017.3.12

149

七律·萨尔浒之战

明庭四路困吾金，马啸人嘶箭雨淋。

水起风声刀剑影，尸横血溅虎狼吟。

浑河岸上杀杜帅，岔路崖边败马林。

任尔东西南北至，罕王破阵智谋深。

　　注：1.萨尔浒之战是中国历史上以少胜多的典型之战，努尔哈赤以"任尔东西南北来，我只一路去"的灵活战略，率领八旗军对来剿之敌给以各个击破，取得了萨尔浒大战全胜。从此从战略防预转为战略进攻。为建立清朝打下了坚实的基础。

　　2.金，即后金政权。

　　3.杜帅，即明朝勇冠三军的山海关总兵杜松，征伐后金西路军（主力）统帅。

　　4.岔路崖边，即明庭北路军行军驻扎地尚间崖，崖下有一条岔路（抚顺哈达镇下年村），也是北路军败北之地。

　　5.马林，即征伐后金北路军统帅，后被八旗军歼灭于铁岭。

2016.9.1

满江红·清永陵

龙岗苍苍，看神路旌旗拱立。奇峰下十二翠谷，鼓钹声起。谁在拜参清祖地，四方归客女真裔。忆当年太祖怒挥刀，听霹雳。

琉璃瓦，祥龙壁。诸皇位，凭尊继。望八方归顺，扩疆增域。鸦片战争烽火起，列国强盗逼龙泣。如今要建设强国家，齐出力。

注：1.清永陵位于辽宁省新宾满族自治县龙岗山下苏子河畔。

2.龙岗山是长白山支脉，横贯辽东。

3.十二翠谷奇峰祖陵后靠的山峰正好十二座，清朝又恰是十二位皇帝。谁执政时间长，谁的峰就大，神奇极了。

2016.2.2

七绝·赫图阿拉称汗

鼓乐声声猎猎旗，

群臣跪拜帝登基。

三呼万岁云飞起，

剑指明庭挽战衣。

注：1.1616年清太祖努尔哈赤成立金国（史称后金），在现在的辽宁新宾赫图阿拉城登基称汗。

2016.1.26

[赵华维诗词选]

七律·沈阳福陵

匍匐众岭水潆洄，肃穆森松殿壁辉。

气势威严降岗堑，磅礴壮伟傲波岿。

风生虎啸建州起，浪涌龙泽各部归。

擐甲挥戈迎百战，文韬武略展雄麾。

注：1.福陵，清太祖努尔哈赤的陵墓，地处沈阳东，又叫东陵。1629年（天聪三年）选定盛京东北郊外营建陵墓。定名福陵，寓意大清江山福远长久。占地面积19.48万平方米。

2.岿（kuī），即高大屹立的样子。

3.擐（huàn），即穿的意思。

4.麾（huī），古代指挥用的旗帜。

2016.7.3

七律·沈阳昭陵

隆山静頠缅天聪，宝鼎凝晖映古松。

尚武崇德昭显世，更金立国奠基功。

锦松大战惊京冀，入口远征震殿宫。

敦睦讨伐邻渐顺，中原未取业无穷。

注：1.沈阳昭陵是清太宗皇太极的陵寝，是关
外"三陵"规模最大，气势最宏伟的一座。

2.隆山，即陵园人造的后山。

3.頠（wěi），即安静。

4.天聪，即皇太极继承汗位的年号。

5.入口，即著名的入（长城）口之战。

6.更金立国，即天聪十年，皇太极改元称帝，
改国号为大清，年号崇德。

7.殿宫指明朝。

2016.6.29

七律·历史名城沈阳

东方鲁尔沈阳城，历史曾名曰盛京。

两代帝王勤创业，一朝发迹苦开清。

闻名四海遗泽远，举世八方地位升。

昔日共和国长子，今朝重振展雄风。

注：1.沈阳是辽宁省省会，是中国重工业、机械制造业基地，号称"东方鲁尔"。

2.两代帝王，即清太祖努尔哈赤、清太宗皇太极。

3.遗泽远，即"一宫三陵"（沈阳故宫、清永陵、福陵、昭陵）。

2016.4.30

七律·沈阳四塔

沈阳四塔似金刚，护佑平安保我邦。

翠柏幽繁添肃穆，苍松雅郁显严庄。

祥光灿粟西延寿，善育群灵东永光。

波岸心宏南广爱，匾额御笔北园藏。

注：1.沈阳四塔建于1643～1645年。1778年，清乾隆皇帝东巡时驾临北塔即法轮寺礼佛，亲书"金镜周圆"匾额。并亲写"护国法轮寺"匾额，至今保存完好。四塔象征回大金刚威震四方，护国安民。

2016.6.25

七律·康熙帝木兰秋狝

旗人旧俗爱弓刀，

沙场点兵涌浪潮。

凛凛军卒忱惧尽，

赳赳战将逸骄消。

文韬治国江山固，

武略陷城敌阵摇。

北控南平烽火灭，

江山无限更妖娆。

注：1."木兰"，满语是哨鹿的意思。皇帝狩猎，四季各有名称。春天叫"春搜"，夏天叫"夏苗"，秋天叫"秋狝"，冬天叫"冬狩"，以秋狝最为壮观，以此练兵。

2."国""敌"均为入声字。

2016.3.22

七律·沈阳故宫

沈水之阳筑盛京，金汤固若号为清。

雕梁景仰耀宗祖，画栋祯祥肇业兴。

大殿金顶来议是，十王幄帐点精兵。

军旗漫卷鏖军马，悍勇清军灭大明。

注：1.沈阳故宫，又称盛京皇宫，为清朝初期的皇宫，距今400年历史。1625年，清太祖努尔哈赤定都沈阳。四子皇太极继汗位后，于1636年将女真改称满洲，将国号金改为清。1644年迁都入关，沈阳故宫改为陪都故宫（留都故宫）。后康熙、乾隆、嘉庆、道光帝回沈瞻仰故宫，又进行多次维修和改扩建。现已列入世界文化遗产名录。

2016.6.21

七绝·参观沈阳故宫

故殿陈亭牌阙新，

寻宗觅祖脉情存。

凭栏注望秋红日，

曾照吾王宫里人。

2017.8.8

七律·承德避暑山庄（一）

观大型表演有感

悍马强兵滚滚来，威风凛凛似闸开。

八旗映日遮风色，万甲粼光卷土埃。

友善和亲修庙寺，治国理政诵书斋。

张驰有度长城固，指点江山壮志怀。

　　注：1.承德避暑山庄室外大型演出，利用声光电等现代手法，表现了康乾盛世"文治武攻"的壮丽篇章。那滚滚而来的马队将士，八旗迎风招展，无比振撼。康熙皇帝接受中原文化，孜孜不倦学习中国传统文化场景，历历在目。尊重少数民族习俗和宗教，修建了气势恢宏的外八庙，体现了中华民族空前的大团结，很有历史意义和现实意义。大型表演给观众留下了深刻地印象。

2016.12.19

七律·承德避暑山庄（二）

放眼山庄

一峰不与一峰同，万翠山峦万翠重。

武烈河旁红柳盛，磬锤脚下碧泉淙。

烟波致爽知寒暑，西岭晚霞懂日红。

尚武习文筑伟业，康乾盛世东方龙。

注：1.康乾盛世是中国几大盛世之治之一。这段中国历史好多重大事件都是在承德避暑山庄发生的。庞大而奢华的园林建筑，彰显了皇家园林的辉煌气派。水陆中的亭台楼榭，集江南塞北的不同风格。磬锤山峰，武烈河和世界最短的热河，无不显露出风水宝地的容颜。周围群山环绕，水草肥美，红柳丛生，白云飘飘，牛羊成群，展现出一派生机盎然的景象。

2.西岭晚霞是避暑山庄的一大景观，在这里寓意清王朝的盛世也是封建帝国落日的暂短辉煌。西方世界此时正逢工业革命的到来，冷兵器时代即将结束。

作于2016.3.24

改于2016.12.16

七律·神鹰海东青

肃慎图腾东海鹰，遨翔展翅蔽濛冥。

钢钳铁爪千钧力，火眼灵睛似大铃。

万羽独神熊库鲁，千翎一圣熠光星。

搏击宇际雄风烈，振翼长空壮志凌。

注：1.海东青是我国东北一种鹰隼，多为褐色
（白脖、白腿），纯白色、纯金色为上品，能捕天
鹅、兔、鼠、鱼、鸽、野鸭、松鸡（甚至更大的动
物）为食。

2.肃慎是我国东北古代民族，是现代满族的族
源。

3.熊库鲁（雄库鲁）即肃慎（满语）语，意为
世界上飞得最高最快的鸟，有神鹰的含义。

2016.6.16

七绝·纪念后金建立400周年

浑河奔泻自东山，善战罕王未下鞍。

关外一统成大业，挥旗剑指向中原。

注：1.罕王即清太祖努尔哈赤。1616年，努尔哈赤在现在的抚顺市新宾建立了金政权（后金）。萨尔浒战役后，很快统一东北。将都成移至沈阳。

2.中原，即指当时的明朝。

3.东山，即长白山脉。当时东北平原以西的人习惯称长白山为东山。

2016.10.24

七律·赞著名满学作家汤士安先生

镂句雕章造诣深，笔精墨妙古和今。

青年吃尽千般苦，老骥仍存万里心。

戴月陈兵征马啸，披星布阵败敌吟。

贤君莫道桑榆晚，翠叶繁枝正茂森。

　　注：1.汤士安，笔名海枫，黑龙江肇东人，1931年2月生，是抚顺市著名满学作家，2010年荣获中国通俗文学艺术终身成就奖，代表作有《努尔哈赤大战萨尔浒》《后金演义》《北三国演义》，传记文学《后金名将武勋王扬古利》等，组织策划、参加编写《清前英雄谱》《清朝开国历史人物》《抚顺满语地名》等，散文集《枫叶红》《汤士安散文选》等30多部典籍。

2017.4.23

红色
记忆

四、红色记忆

七律·铭记"九·一八"

警笛声凄震宇天，国人勿忘柳湖边。

生灵涂炭山河碎，饿殍陈焦领土残。

日寇穷凶杀抢掠，抗联义勇苦辛艰。

白山呐喊声犹在，黑水呼号血未干。

注：1.笛字是入声字，仄律。

2.柳湖边，即日军对我国悍然发动侵略战争的"柳条湖"事件。

2017.9.18

167

七绝·固本安邦

固本安邦社稷兴，

天心顺畅四方宁。

习风运带及时雨，

万里山河绚锦荣。

注：1.天心，即民心。

2017.10.31

鹧鸪天·井冈山龙潭瀑布

天降蛟龙融大潭，仞千青岭色苍然。

群英齐聚罗霄脉，万众云集井冈山。

星闪亮，火燎原。武装革命卷狂澜。

红旗猎猎开新宇，炮火隆隆惊地天。

作于2016.4.5

改于2016.11.30

鹧鸪天·拜井冈山烈士陵园

五指山峰耸宇端，军旗红透井冈山。

同仇敌忾迎围剿，枪弹纷飞捷报连。

兵似铁，将如磐。星星之火已燎原。

凌云壮志感天地，革命精神代代传。

2016.5.4

鹧鸪天·井冈山黄洋界

崇峻罗霄万岭雄，叠峦南北若游龙。
更深众盼黎明到，霜冷心思旭日红。

敲战鼓，震苍穹。武装革命是工农。
黄洋界上炮声吼，剿灭敌兵在梦中。

注：1.井冈山位于江西省西南部，西邻湖南省，属罗霄山脉，是中国革命的摇篮，是第二次国内革命战争时期的重要革命根据地。著名景点有革命博物馆、革命烈士纪念塔等，还有黄洋界、小井龙潭等景点。在井冈山市郊有大型室外演出剧场，每晚都有精彩的演出。用声光电等手段，邀请众多的专业演员和当地数百名群众参加演出。场面宏大，气壮山河。军民鱼水，情真意切。再现了红军那段艰苦卓绝的生活和战斗场景，《五次反围剿》和《十送红军》等场景让人久久难以忘怀。我是2014年秋天参观拜谒了这块朝思暮想的革命圣地。

2016.4.5

七律·井冈山观《十送红军》大型表演

唢呐声声鼓点频，红军转战踏征尘。

三峰路上喋血迹，五斗江边拭泪痕。

铁血男儿能破宇，玉锋女子敢截云。

封围堵剿何为惧？暴虎冯河智勇神。

　　注：1.玉锋指的是宝剑和武器的意思。

　　2.暴虎，即空手打虎。冯河，即徒步涉河。在此引用此成语是褒义词。

2016.12.5

七律·革命圣地延安

宝塔巍巍映日辉，延河滚滚浪涛推。

寻根续梦寒窑住，溯本初心圣迹追。

饮马黄河驱日寇，移师绿野斗胡魁。

英雄已远斯风在，座座青山是颂碑。

　　注：1.延安，中国革命圣地，位于陕西省北部。古称肤施，明清设延安府治，后设县，1936年改为市，是陕北经济、文化和交通中心。1937～1947年是中共中央所在地。中共中央和毛泽东主席领导了抗日战争和全国解放战争。毛泽东主席在窑洞中写下了很多宏篇巨制，如《中国革命和中国共产党》《新民主主义论》《目前抗日统一战线中的策略问题》《实践论》《矛盾论》《论持久战》等。

2016.4.6

七律·韶山

吹箫引凤到韶山，秀脉如龙有洞天。

岳麓求学读万卷，洲头励炼扬千帆。

航船破浪舵手握，巨舸争流领袖担。

三座大山轰然倒，主席万岁响无边。

注：1.吹箫引凤，舜帝南巡到此地，一看风景优美。遂吹箫奏韶乐，引凤来仪，百鸟合鸣，附近有座山，从此叫韶山。

2.岳麓，即岳麓书院。

3.洲头，即橘子洲头。

2016.4.8

五律·西柏坡

阳光照柏坡，领袖聚滹沱。

赤帐运筹幄，白红对弈搏。

朱毛三战没，蒋匪见阎罗。

我党指挥好，还凭密电波。

注：1.西柏坡是中国革命的历史圣地，是中共中央进京前的最后一个农村指挥所。赤帐指的是解放军指挥所。

2.朱毛"三战役"。当年把毛泽东和朱德领导的红军习惯称之为朱毛的队伍，三战役即辽沈战役、平津战役、淮海战役。

3.阎罗是梵语（阎魔罗阇）音译略称，意为"地狱的统治者"或"幽冥界之王"。

4.密电波指的是"三大战役"中央与各路大军的密电频传。博物馆有一电报墙，给参观者留下深刻印象。

作于2016.4.8
改于2016.11.21

七律·参观董存瑞纪念馆

地动山摇烈焰崩，英雄已化燕山峰。

狼嚎挡路集迷雾，虎啸震冈起骤风。

弹雨枪林隆化镇，兵锋剑指锦州城。

陵菊耐冷年年绚，墓柏经寒岁岁升。

注：1.1948年5日25日，在解放隆化县的战斗中，因部队受阻于对方军队的桥型暗堡，董存瑞毅然起身抱起炸药包，左腿负伤，冲至桥下。因身边无处安放炸药包，紧急时刻，董存瑞用自己的身体充当支架——手托炸药包。牺牲时，董存瑞未满19岁。

2016.12.12

七律·孤胆英雄杨子荣

无垠大雪海林涛，凛冽寒风骏马萧。

打虎上山孤胆壮，携枪入洞逞英豪。

答黑对话将图献，智勇灵舌过绺招。

众匪杯觥迷酒宴，外合里应剿敌巢。

注：1.看《智取威虎山》有感。讲的是解放战争时期，孤胆英雄杨子荣深入匪穴斗顽敌的故事。

2.答黑，即对答土匪黑话暗语。图，即土匪联络名单。

3.绺招，即土匪以绺子为团伙，他们自行有一套约定俗成的招法。

2016.8.19

渔家傲·雪国耻

平顶山村群嶂抱，湛蓝一水芦花皓。

日寇烧杀枪刺挑，同胞叫，硝烟缕缕豺狼笑。

滴血史悲怎堪忘，子孙万代应知晓。

我辈岂能刀入鞘，削国耻，决心要走复兴道。

2016.1.27

过秦楼·参观《雷锋纪念馆》有感

圣地高台，殿堂存魂。诸领袖题词在。雷锋永固，如春风，奏响世间天籁。署注寒来，炽热情怀，痴心难改。做模范战士，勤学苦练，哪能言败。

对诗同志暖如春，真诚坦荡，来自友谊真爱。无私奉献，慷慨为人，救助倾囊如海。作螺丝一颗，严负其责，焉能重载。

视高高塑像，吾辈仍需补钙。

2016.1.31

[赵华维诗词选]

西江月·抚顺战犯管理所

宝塔高山作证，再生之地难忘。铁门不必锁高墙，改造战俘真棒。

教育春风化雨，不杀促动心房。洗心革面使人良，世界和平唱响。

注：1.抚顺战犯管理所旧址是世界稀有保存比较完整的关押和改造过战犯的场所。1950年先后收押了以武部六藏为首的日本战犯982人，以溥仪为首的伪满战犯71人，以黄维为首的蒋介石集团战犯354人。1956年到1964年，日本战犯被陆续全部释放回国。1959年到1975年，伪满战犯和蒋介石集团战犯也全部特赦释放。中国共产党和中国政府以德报怨，运用真理、正义、人道的力量，终于使这些战争狂人，由杀人的魔鬼变成热爱和平的人。

2016.2.10

五律·江南抗洪抢险

大雨墨云生，洪涛肆虐行。

雷鸣天地撼，水啸岭川惊。

库坝临危溢，江堤面险盈。

军民敌恶浪，最闪是红星。

　　注：1.每临危难时刻，总是中国人民解放军冲在前面，他们一不怕苦，二不怕死的精神，感动、震撼、激励着每一个中国人。为他们点赞！

2017.6.26

七律·赞凤城大梨树村

四季花开四季春，

雕梁画栋塑新村。

心如硬石豪言壮，

志比精金干字魂。

胼手胝足抛苦帽，

殚精竭虑断贫根。

青山造化钟神秀，

绿水滋芳育后人。

注：1.胼手胝足，即手脚磨起老茧，指辛勤劳动。

2018.5.22

致敬
文豪

五、致敬文豪

七律·法国著名作家雨果

塞纳河长浪涌急，风刀霜剑法兰西。

讴歌革命情无限，反对独裁志不移。

浪漫情怀增色彩，现实手法竖标旗。

小说戏剧惊于世，大作诗集史上奇。

注：1. 雨果（1802～1885年）法国著名作家，19世纪前期浪漫主义文学运动的领袖人物，是文学创作的多面手，诗人、戏剧家、小说家、批评家、散文家。他的代表作有《巴黎圣母院》《悲惨世界》，诗集《东方集》《爱那尼》。他以自已杰出的成就，获得了法国的最高荣誉。

2017.2.14

浣溪沙·德国著名诗人歌德

星熠冉生遨太空。狂飙突进亦从容。
长诗悲剧叙情浓。

爱恨媾合生死许，恶良冲撞喜悲拥。
苦伤一过美无穷。

注：1.歌德（1749～1832年）德国著名诗人，德国最伟大的作家之一，是德国"狂飙突进"的中坚，代表作长诗《浮士德》，小说《少年维特之烦恼》。

2017.2.13

浣溪沙·俄国伟大诗人普希金

诗赋词陈世纪惊，燃烧炽热爱国情，
抗争邪恶义填膺。

上尉女儿情易美，黑桃皇后理趋平。
明星闪烁熠光莹。

注：1.亚历山大·谢尔盖耶维奇·普希金
（1799～1837年）俄国伟大诗人、现实主义的奠基
人，俄罗斯文学之父。他出身于莫斯科一个家道中
落的贵族世家。少年早慧，七八岁便学着写诗了。
代表作有《自由颂》《致恰达耶夫》《高加索的俘
虏》《青铜骑士》《棺材匠》《黑桃皇后》《上尉
的女儿》等。1837年2月8日，在与人决斗中腹部受
重伤后死亡。

2016.7

七律·法国伟大小说家巴尔扎克

人间喜剧令人迷，气势恢宏渲主题。

翰墨行文着浪漫，鹅翎著作记传奇。

结构多样无拘束，人物鲜活已造极。

揭露阶层黑暗事，痛击社会众顽疾。

注：1.奥诺雷·德·巴尔扎克（1799～1850年）19世纪伟大的法国批判现实主义小说家。他的代表作《人间喜剧》《欧也妮·葛朗台》《高老头》《幽谷百合》等。小说结构多种多样，不拘一格。他擅长夹叙夹议的手法。行文滔滔长河，气势浑厚。有的小说带着浓厚的浪漫色彩，绚烂夺目。

2016.7.7

七律·中国文坛旗手鲁迅

历史长河万古流，文坛巨匠英名留。

疾言厉色刀枪掷，呐喊彷徨匕首投。

造就文学新领地，培植艺术竖高楼。

"横眉冷对千夫指，俯首甘为儒子牛。"

注：1.鲁迅（1881～1936年）中国现代文学家、思想家和革命家。原名周树人，字豫才，浙江绍兴人。他透视出几千年中国人内心的隐秘。

2016.5.4

七律·美国著名作家马克·吐温

深沉辛辣笔锋芒，幽默诙谐笑谬荒。

政论不粗明道理，杂文犀利表文章。

种族歧视呼与鼓，选举荒唐谴且攘。

黑色珍珠识辨晚，文学宝库再添芳。

注：1.马克·吐温（1835～1910年）美国作家。马克·吐温是笔名。被誉为"美国文学中的林肯"，是现代美国文学的开路者，一颗很晚才被辨识出来的美国文学中的"黑珍珠"。他富于民族特色的幽默讽刺作品写出了美国"民主社会"的真相，是世界文学宝库的一部分。代表作《竞选州长》《镀金时代》《哈克贝里·费恩历险记》《败坏了哈德莱堡人》等。

2016.7.9

七律·印度著名诗人作家泰戈尔

诗歌创作盛芳菲，印度文坛撼语媒。

声越本疆传诵远，名扬世界广播飞。

珍言锦丽文中瘦，妙句连珠话里肥。

生似鲜花之绚烂，亡如赤叶亦娇辉。

注：1.罗宾德拉纳特·泰戈尔（1861~1941年）印度近代著名诗人、作家和社会活动家。一生写了五十部以上的诗集，长中篇小说十二部，短篇小说百余篇，戏剧二十余种。其中1912年问世的抒情诗集《吉檀迦利》获得了诺贝尔文学奖，是亚洲获此奖第一人。

2016.4.29

七律·苏联著名作家高尔基

伏尔加河气势磅，星繁璀璨墨飘香。

文心撰写情繁作，笔胆挥书志浩章。

卷帙母亲刚矗立，独篇海燕又飞翔。

激情创作为革命，逆顶狂风战恶狼。

　　注：1.高尔基（1868～1936年），苏联无产阶级作家，现实主义文学的奠基人。他出身贫苦，幼年丧父，11岁即为生计在社会上奔波，当装卸工、面包房工人，贫民窟和码头成了他"社会"大学的课堂。他刻苦学文化知识，并积极投身革命活动，探求改造现实的途径。他的代表作有《童年》《母亲》《在人间》《海燕》。他是苏联文学史上的又一座丰碑，他的名字"代表着世界文学史上的新时期"。

2016.5.4

七律·伟大的戏剧家诗人莎士比亚

欧洲文艺大复兴，英岛莎翁是熠星。

实践源泉滋巨匠，生活细雨润精英。

文学泰斗洒甘露，戏剧元勋求艺精。

上帝生吾作火炬，映红世界耀光明。

注：1.威廉·莎士比亚（1564～1616年）欧洲文艺复兴时期最伟大的戏剧家和诗人之一。他出生英国中部斯特拉特福镇。他在丰富的生活实践基础上，以饱满的热情写出了三十七部戏剧，两首长诗和一百五十四首十四行诗。代表作除诗中提到的两部外，还有《威尼斯商人》《李尔王》等，是举世公认的"戏剧元勋"，万人瞩目的"文学泰斗"。

2016.7.8

七律·俄国伟大作家托尔斯泰

银河闪烁又一星，名著华章气势宏。

椽笔如刀削社会，鸿篇似剑指高层。

保家会战鏖原野，悟理冥思留玉声。

创作之峰勇探索，文坛巨匠有托翁。

　　注：1.列夫·尼古拉耶维奇·托尔斯泰（1828~1910年），19世纪俄国最伟大作家。最清醒的现实主义作家。《复活》"撕毁了一切假面具"，激怒了俄国宗教院，为此宗教院开除了他的教籍。《复活》是他长期思想、艺术探索的总结，也是对俄国社会批判最全面深刻、有力的一部著作，成为世界文学不朽名著之一。代表作除诗提到的外，有《哥萨克》《安娜·卡列尼娜》《忏悔录》等。

2016.7.10

大地掇英

六、大地掇英

逢春踏浪东

赵华维诗词选

七律·镜泊湖瀑布

浪坠涛飞吊水楼，

翻江倒海泻无休。

雷鸣震宇惊千夏，

白练悬空漫万秋。

水阔无心连续涌，

潭深有意尽情收。

通天接地常怀古，

不尽江河滚滚流。

注：1.镜泊湖景区距牡丹江市97公里，大约一万年前，这里火山连续喷发，熔岩浆挤入牡丹江，形成49米水深，79.3平方公里的堰塞湖。这里湖光山色，美不胜收。这里有火山口森林、地下熔岩隧道等地质奇观，有唐代渤海国古迹等人文景观。其中吊水楼瀑布最为壮观。

2018.1.5

七律·北京天坛

古柏森森翠黛繁，

圜丘祈谷石桥连。

擎天数柱巍峨殿，

拔地三重壮丽坛。

日月星辰神位立，

风云雷雨圣牌悬。

明清诸帝临三孟，

祷告神洲四季安。

注：1.天坛是世界上最大的祭天建筑群，是明清皇帝祭祀皇天，祈五谷丰登之场所。

2.三孟，即孟春祈谷、孟夏祈雨、孟冬记天。

2018.1.1

行香子·游日月潭

水静山青，岛翠潭澄。荡轻舟、桨橹鸿惊。烟霞四起，鹭缀沙汀。临仙称奇，湖光满，万山明。

双潭似画，众岳如屏。寺崔巍、金碧工成。中华一梦，文武神明。小屿光华，怀珠抱，酿深情。

注：1.2006年9月中旬到祖国宝岛参观，游览了著名景点日月潭。湖中间有一小岛叫拉鲁岛，岛的东北面湖水圆如日，称日潭。西南面湖水形舣如月，称月潭。岸上有文武庙、慈恩塔等。庙中供奉孔子像和关羽神像等。

2017.12.16

七绝·麦熟

朝霞衬日雾纱悬，

丽妇察田若落仙。

穗穗低头羞见女，

金黄麦浪漫天边。

2017.12.6

七律·赞新民文化博览园

奇姿丽景大观园，塔伟山巍气象千。

亘古荒原能落凤，陈年擢漠也容仙。

金亭玉榭云霞里，海市蜃楼天地间。

妙笔难书博览汇，辽河不尽代为言。

注：1.新民文化博览园位于新民市大柳屯镇长岗子村，占地面积600亩（40万平方米），原来是一片荒漠。园区本着文化为灵魂，教育为根本，科技为支撑，旅游为目标的规划设计。园区有十大景观，三十四个展览馆，按内容分为五大类（民俗、历史、戏剧、科技、人物）新民文化博览园根植辽河之沃土，因民族文化厚重而精彩，因人文景观优美而迷人，因自然和谐而恒久，观一园而知中华古今文化的辉煌，赏一景而知华夏之绚丽。为全国文化产业示范基地，国家4A级景区，也是沈阳现代农业园区科普基地。

向博览园的创始人原新民市财政局局长、新民市副市长冯永久先生致敬！

2017.8.5

五律·丝绸之路怀古

驿道响驼铃，风餐露宿行。

黄丘迎冷月，白雪送寒星。

漠海承瓷器，沙洲载锦绫。

丝绸连万里，见证古今情。

2017.9.27

七绝·南海

涛山浪雪水茫茫，碧海接天万顷疆。

自古诸沙为蔽帐，挑帘渔贾下南洋。

注：1.南海自古就是我国的疆域。

2.诸沙，即东沙、西沙、中沙、南沙和曾母暗沙等岛屿。

3.渔，即捕鱼和卖鱼人。

4.贾，即商人和船队，亦指海上丝绸之路。

2017.9.29

五律·登临江山寺

秋风浸野香，

鹳印洒沙汀。

晓露滴红蓼，

晨曦映绿江。

拾级临宝刹，

觅径现禅房。

转瞬人生事，

悠悠万古长。

2017.10.25

七绝·武汉东湖

暮雨朝霞靓丽天，莲香箬翠叶蕉鲜。

江南楚地晴方好，水漫功名一梦烟。

注：1.靓（liàng），漂亮，好看。

2.箬（ruò），箬竹，竹子的一种，叶大而宽。

3."水漫功名一梦烟"。宋代诗人陆游有"回首功名一梦中"的著名诗句。

作于2010.8.16

改于2017.4.19

205

七律·庆岭食鱼

盘山路险慢迂迴，庆岭依山傍水偎。

树影婆娑飘酒肆，柴烟淡渺漫鱼炊。

巴蒿妙配鳙头嫩，酱料绝调鲤肉肥。

味美鲜香谁放过，异乡醉客不思归。

注：1.为创作传记文学《后金名将武勋王扬古利》一书，2005年"五一"小长假，我陪著名作家汤士安先生，，以及朋友曹德全、胡乃涛、赵祥利等人到吉林省延边地区考察、采风。中午到达庆岭，在此就餐。吃到了著名的当地名菜"家纯松花鱼"，留下了难忘印象。当时即兴口赞一首小诗，今又修改一遍。

2.庆岭是一个小镇，在长春到延边中间的一个山岭下，松花湖畔。

3.巴蒿是长白山地区生长的一种蒿草，味道奇香。是当地炖鱼的一种佐料。

作于2005.5.2
改于2017.3.15

七律·丸都城

丸都据险有军机，巧利屏风固又奇。

壁垒依山围土坳，城门傍水护金池。

称雄自大高句丽，扩域图谋华夏离。

分裂独行非正义，城坚怎耐远征蹄。

注：1.丸都城位于吉林省集安市境内，是我国古代少数民族高句丽山城。隋、唐时期经常闹独立，遂被多次征讨。唐代时，唐王李世民、大将李绩、薛仁贵（薛礼）多次征伐，最终被灭掉。

作于2005.5.26

改于2017.3.20

五律·珲春行

鸡鸣诸国吭，犬吠叫三疆。

壮丽珲春美，神奇古埠昌。

边关商贸热，陆岸物流忙。

大海畅辽阔，何时可远航？

注：1.珲春市位于吉林省延边朝鲜族自治州东部，在图门江下游左岸，距入海口15公里处。南临朝鲜，北接俄罗斯。自古就是开放性商埠区域。特别是我国改革开放后，边贸更加繁荣。最东端的边境防川是"鸡鸣闻三国，犬吠惊三疆"的三角地带。19世纪中期（1860年）沙俄强迫清政府签订了《中俄爱瑗条约》和《中俄北京条约》，将100多万平方公里的土地割让给沙俄。1886年清政府勘界大臣吴大澂同俄方谈判据理力争，获得出海权（当时都是小船，出海口我国没有领土）。日本入侵我国东北后，于1938年在图们江入海口处设障，珲春的港口航运长期受阻，至今我国不能通航。

2.诸国即中国、朝鲜和俄罗斯。"国"在此处为入声字，仄声。

作于2005.6.8

改于2017.3.12

七律·观壶口瀑布

虬龙戏水浪逐天，啸掠云霄震大川。

似雪如鳞翻沏谷，惊心动魄撒深渊。

千回百转黄河水，万里独寻玛曲源。

倾泻涛奔难阻挡，峡门闯过下中原。

注：1.黄河是中国第二大河，是世界第五大长河。全长5464公里，流域面积752443平方公里，黄河源头为青海省青藏高原巴颜喀拉山脉查哈西拉山的扎曲。壶口瀑布是黄河上著名瀑布，其奔腾汹涌的气势是中华民族精神的象征。

2016.3.27

七律·印象海南岛（一）

琼岩壁立越春秋，五指山绵卧傲虬。

碧浪椰风拂海角，粼波岛雨洗崖州。

丛林浩浩方千里，小屿零零遍四周。

野阔星繁八景萃，河长月涌万泉流。

注：1.海南岛是一个美丽富饶、历史悠久的海岛。随着朝代的变更，海南地名有称"崖州、琼州、琼崖"。在诗文中有称"海外、南极、天涯、海角、南天"等。1951年，称"海南行政公署"，1988年建制升格为海南省，简称琼。

2.虬（qiú），传说中的一种龙。

3.八景，即白石八景"崆峒筛风、石柱擎天、翠屏拥月、金钟驾天、青狮眺目、苍牛喷雾、花岗蔚彩、碧沼储云"，景景奇特，秀丽无比。

2017.3.23

七绝·印象海南岛（二）

博鳌港 圣公石

涛头屹立巨石碣，大浪千层四溅跌。

震耳如雷咆哮水，哪吒闹海愠颜挟。

注：1.圣公石是古今闻名的天下奇观。每当暴雨过后，万泉河、龙滚河和九曲江大水齐扑博鳌港，洪涛撞击圣公石，掀起巨大的浪头，翻江蹈海，此情此景壮观至极。

2017.3.24

七律·印象海南岛（三）

三亚 鹿回头

清风浪韵泾通幽， 峻峭石崖史话留。

美丽传说飞海角， 神奇故事越琼州。

勤劳勇敢阿黑壮， 尽善纯真少女柔。

爱慕情生同命苦， 缠绵挚爱鹿回头。

注：1.这是一个凄美的爱情故事。相传很久前，有一个贪婪残暴的峒主，要以名贵的鹿茸巴结官府，强迫黎族青年猎手阿黑上山打鹿。他将阿黑母亲抓起来，以此要挟阿黑上山猎取鹿茸。在五指山上，阿黑看到一只凶猛的斑豹正在紧追一只美丽的花鹿，阿黑一箭射杀了斑豹，花鹿得救了。为救母亲，他又找到了那群鹿。不待发箭，鹿群惊散了。阿黑紧盯那只漂亮的花鹿，追啊追。追了九天九夜，翻过九十九坐山头，终于追到了三亚湾珊瑚石崖上。前面是滔滔大海，刚要放箭，只见花鹿回头一望，忽然变成了一个漂亮的姑娘。鹿姑娘同情阿黑的遭遇，更爱他勤劳勇敢善良，便找来一帮鹿兄弟，打败了凶残的峒主，救出了母亲。后来，鹿姑娘便同他结成夫妇，过着男耕女织的幸福生活。

2017.3.25

七律·印象海南岛（四）

瞻仰红色娘子军纪念园

五指山峰翠绿恋，朝霞染透半边天。

英姿飒爽红军女，气宇轩昂巾帼男。

弱妇能拔三尺剑，强敌怎闯万重关。

魂归大地情如火，血浸琼花世代鲜。

逢春踏夜东

［赵华维诗词选］

注：1.红色娘子军即中国工农红军第二独立师女子军特务连。1931年5月1日创建于原东会县第四区革命根据地。现海南省琼海市万泉河畔。当时有100多名穷苦的农村女孩，为反抗封建和争取男女平等，走上了革命道路。在中共琼崖特委的领导下，她们拿起武器，出色地完成了保卫领导机关和宣传发动群众等项任务。并配合主力部队浴血战斗，英勇杀敌。伏击沙帽岭、火攻文市炮楼、拔除阳江据点及马鞍岭阻击战……为琼崖革命立下了不朽的功勋。后来，娘子军部队遭到国民党正规部队重重围剿，喋血马鞍岭。

2017.3.26

七绝·印象海南岛（五）

水上酒家

椰林海岸细白沙，

水上渔船有酒家。

北注南来迎送客，

渔娘老板乐开花。

2017.3.27

七绝·印象海南岛（六）

热带雨林

树密藤缠翠叶芬，

花香鸟语现猢狲。

仙踪碧海连天远，

绿野琼崖尽是春。

2017.3.28

五律·圣雪黄花

鹅黄满眼来，万顷菜花开。

圣脉存洁雪，碧空无雾霾。

东郊香气盛，北地雅馨埋。

大作出谁手，春风巧剪裁。

注：1.2013年春夏之交，我有机会到青海省祁连山下考察旅游项目，特意参观了塑北万倾油菜花园。登上塑北崖头向北远望，祁连山巍峨圣洁，万顷油菜花一望无尽。游人如织，纷纷拍照。置身和陶醉于花海之中，留下了深刻印象。

2017.3.21

五律·观昆明石林一组

（一）

竞秀奇峰美，天然幻化成。

相间石柱立，错落玉林峥。

翘尾形天马，昂首似大鹏。

空中翔玉鸟，峭壁蔓葱藤。

（二）

纵壑迷宫塑，石林刃利生。

崎岖弯险路，陡峭峻难行。

谷地逢脊岭，山坡遇古城。

钟乳悬洞穴，瀑布落湖泓。

（三）

巧遇阿诗玛，庞岩现造形。

栩栩彝地女，眷眷高原情。

树绿蔽芳草，藤红伴紫英。

湖旁寻踏舞，岭后荡芦笙。

注：1.云南石林位于昆明市石林彝族自治县境内，占地总面积400平方公里。特级保护区44.96平方公里。素有"天下第一奇观""石林博物馆"的美誉。喀斯特地貌，高大的剑状、柱状、蘑菇状、塔状石灰岩柱是石林的典型代表。像形石峰很多，有的像动物、有的像人物、有的像植物……千奇百怪，争长竞短，各领风骚，美不胜收，是中国国家地质公园，世界地质公园，国家5A级景区。

2017.3.7

七律·张家界

如林似剑入重霄，峻逸凌绝苦煞雕。

瀑落天高扬素雪，溪叠涧底汇银涛。

三千秀水萦洄转，八百奇峰竞丽娆。

雾洗云蒸山更美，氤氲造化世人骄。

注：1.张家界在湖南省西北部，是首批国家级
森林公园，整个武陵源风景名胜区已被联合国教科
文组织列入《世界自然遗产名录》，是中国首批
《世界地质公园》，是中国首批5A级景区。主要
景点有：老道湾、天子山、将军岩、仙女散花、
天门洞和金鞭溪等景点。

2.凌，登上（乘天梯登上一高峰）。

3.氤氲（yīn yūn），即烟云弥漫，阴阳之气聚
合。

2017.3

219

五律·苍山洱海

风吹大理城，花艳白乡红。

雪覆苍山美，月升洱海腾。

云舒云又卷，雨落雨常晴。

峰立携三塔，溪流挂百嶒。

注：1.大理苍山洱海以"风花雪月"四景为佳，以"云雨峰溪"四景为奇。每自然句首字为"风花雪月，云雨峰溪"。

2.嶒（céng），形容山高。

2016.3.30

清平乐·周庄

　　水城古老，最是周庄好。梦里水乡春色早，最爱双桥一角。

　　镇东游客成峰，夫独临水尝茗。旧历已然三月，满城郁郁葱葱。

2016.4.17

鹧鸪天·游漓江

夏雨漓江夜荡舟，粼粼碧水映高楼。

桂林灯火漫星瀚，阳朔奇峰挂月勾。

行欲尽，美难收。千丝万缕绪悠悠。

船头再现刘三姐，又唱山歌传九洲。

2016.3.16

鹧鸪天·沙坡头

西北中伏已露秋，长河落日坠坡头。

驼铃常伴风沙岚，马队偶来旱漠丘。

天朗朗，水悠悠。黄沙沉睡醒来羞。

掀帘窥视窗前事，四海佳宾组队游。

注：1.沙坡头位于宁夏中卫，是新开发的
5A级景区。尽展大漠长河风光。沉睡了几千年的沙
漠成了新的经济增长点。

2016.3.20

七律·山西平遥古城

汤汤碧水孕汾河，富域平遥晋道娥。

古县明贤尽纷沓，名城大贾竟穿梭。

九州通汇捷还迅，四海交割快不拖。

青史留名谁可见，今逢盛世赋高歌。

注：1.平遥古城为中国四大古城之一。保存古县衙、古街区、古城墙、古日升昌票号。开创中国民族银行业先河，清道光三年（1823年）汇通天下著称于世，分号遍布全国30余城市，远及欧美、东南亚，是我国银行业的鼻祖。

2.汤汤（shāng），水大。

3.嵯，这里指山高路远。

4.大贾（gǔ），即大商人。

5.交割，即买卖结账。

2017.1.29重写

七律·塞外春城长春

塞外春城塞外花，松辽广袤松辽华。

南湖水里摇波美，净月潭旁赏月佳。

伪满皇宫游客看，国家一汽世人夸。

东师吉大誉中外，电影之都映彩霞。

2017.2.9

五律·飞黑河

飞机如叶飘，鸟瞰江山骄。

麦浪连绵滚，森林遍岭涛。

神毫描谷壑，圣笔画岧峣。

重镇黑河丽，中俄架谊桥。

注：1. 我是20世纪90代末的一个夏天从沈阳飞黑河的，经停齐齐哈尔，印象颇深。

2. 飞机如叶即天空大，飞机小。指齐齐哈尔至黑河支线乘30多人的双螺旋桨小飞机。如同乘一片树叶，在空中漂荡。

3. 麦浪连绵即夏季的嫩江平原。

4. 岭即小兴安岭。

5. 岧峣（tiáo yáo），即山高。

2017.2.6

七律·西岳华山

奇峰直插入云霄，拔地凌绝似斧削。

峻岭如脊腿颤软，秀崖劈立脸面憔。

雄关漫道千般险，居士履岖百重挑。

关隘难敌勇敢者，中华瑰宝更妖娆。

注：1.此诗藏头为：奇拔峻秀，雄居关中。

作于2016.3.29

改于2017.1.29

五律·甘肃平凉崆峒山一组

（一）

西接宁六盘，东望大秦川。

雄崎峰峦立，崆峒道教山。

神工鬼斧筑，雾锁罩遮烟。

浩瀚丛林海，丹霞耸危岩。

（二）

泾与胭脂水，交汇望驾前。

夏无炎酷署，冬不特严寒。

楼阁亭台殿，晨钟暮鼓传。

高峡出碧湖，一色望青天。

（三）

桥似长虹跨，香峰峭斗连。

中台竖宝塔，铁柱天门安。

叠翠笋头秀，月石珠宝含。

春融烛蜡火，玉注琉璃盘。

（四）

凤山彩雾悬，鹤洞元云边。

丹穴广成址，猿难陡壁攀。

针崖无比险，天眷大自然。

黄帝亲询道，释疑解惑全。

（五）

秦皇汉武缘，效仿先人贤。

接踵名人至，纷纷下马鞍。

真经求不少，治国保身安。

文化发祥地，轩辕是祖源。

注：1.崆峒山，道教圣地。在甘肃省平凉市，属六盘山脉，是天然的植物王国。

作于2016.8.1

改于2017.1.5

七律·参观大寨

虎头山上绪思遐，几度沉浮几度花。

旧日梯田结硕果，今朝厂店胜桑麻。

春风浩荡吹三晋，夏雨滋淋绿万稼。

多种经营寻富路，品牌一亮更繁华。

注：1.农业学大寨深深地刻在20世纪70年代的记忆中。改革开放后，大寨发生了巨大变化。他们认真贯彻中央三农改策，多种经营，办厂兴业，走产业化道路。用品牌占领市场。如今大寨牌核桃露、大寨牌杂粮、大寨羊绒衫等畅销全国。

2016.4.10

七律·登慕田峪长城

长城万里势如盘，越岭攀山且蜿蜒。

东至榆关临海立，西达大漠玉门关。

抬头雨伴南飞雁，放眼风旋北绕鸢。

众志成城疆永固，烽燧已灭世安然。

注：1.清康熙帝不主张修长城，提倡修德安民，众志成城。

2016.3.3

七律·东方巴黎哈尔滨

一江碧水向东流，厚重名城历史悠。

古有前金开国立，今成欧亚路桥头。

江南圣教殿堂伟，水北太阳岛景稠。

盛夏丁香馨似酒，严冬冰雪塑宫楼。

注：1.哈尔滨，中国东北地区中心城市之一，是东北北部交通、政治、经济、文化、金融中心，早在千年前阿骨打在此建立金国，史称前金，现被称为"东方巴黎"。哈尔滨市冰雪名城，玲珑剔透的冰雪雕像，巧夺天工的冰灯胜景，还有那江北的太阳岛，名扬海外。

2016.4.26

七律·坝上初冬图

坝上逶迤路欲迷，初冬落雪叶枝稀。

眼前大片青杉绿，脚下连绵丘岭鬏。

两队寒鸭眷苇叫，一群雀鸟恋林啼。

轻描淡画皇家苑，水印图章润笔题。

注：1.笼统的坝上是指河北省内向内蒙古高原过渡的地带，清朝时是皇家围场。每年都要在此围猎和大型演兵。集草原、山岭、泽地、湖泊之大成。有繁多的植物和动物，原始狂野，四季如画。坝上冬来早。虽然我是2006年初冬去的，同样给我留下深刻印象。

2016.7.26

逢春咏渌东
【赵华维诗词选】

鹧鸪天·都江堰

岷水涛涛绕万重，龙门山阙伴长虹。
千年凿筑都江堰，百代泽润天府蓉。

修鲤嘴，驯蛟龙。排砂分水泄峰洪。
工程伟大辄感叹，吾辈今仍受用中。

注：1.都江堰是建筑在岷江上的我国一项有2200多年历史的水利工程。岷江从山区泻入平原，流速急减，易淤易决，给成都平原带来严重灾患。公元前256年，秦国蜀郡郡守李冰和他的儿子二郎，吸取前人治水经验和教训，确定了"引水以灌田，分洪以减灾"的治水方针，率领劳动人民兴建了这个工程浩大的水利工程。迄今仍发挥巨大的效益。工程主要包括鱼嘴、飞沙堰、宝瓶口三部分。

2.锦蓉，即盛开的芙蓉。蓉也是四川省成都市别称。

3.鲤嘴，即鱼嘴。西方一些国家对中国的淡水鱼鳙、草、鲢、鲤通称中国鲤鱼。

4.辄（zhé），总是的意思。

2016.3.18

七律·日月山与倒淌河

掷镜摔成月日头，文成公主溢乡愁。

回身瞩望离家远，转首心飞故里悠。

一脉和亲文化密，两族融血剑刀收。

冰山雪域传佳话，感动苍天水倒流。

注：1.青海省日月山地处赤岭，为古丝绸之路第四站，在此交马换乘。

2.宝镜是唐王李世民给女儿文成公主的，传说镜中贮尽家乡的景致，想家时可看看。可是越照越想家，公主把镜子摔了，变成日月两山。

3.水倒流指青海湖旁的倒淌河。

作于2016.5.9

改于2017.1.12

七律·阿古拉大草原

春花遍野盛芳菲，牧踏杂蹄印浅陂。

雨过苍涛无马瘦，风吹秀浪有羊肥。

南瞧水岸高堤远，北望天边大漠偎。

妙曲琴悠仙籁至，高歌赞美举酒罍。

　　注：1.阿古拉草原位于内蒙自治区科尔沁左翼后旗中部的科尔沁沙地，有山有水，有沙丘，有辽阔草原。牛羊成群，骏马奔驰，是远近闻名的"风水宝地"。

　　2.陂（bēi），池岸、水岸。

　　3.罍（léi），古代一种盛酒的容器。

2016.4.25

七律·幸临绍兴兰亭

临池妙墨会兰亭，妙笔宗师久盛名。

曲水鹅池今尚在，庐屋甬道自存仍。

书绝字美园幽静，事雅文绝景美宁。

越水吴山出圣士，寻搜注迹恋古情。

注：1.绍兴古为越国。兰亭是绍兴重要名胜，晋代书法家王羲之在这里雅集文坛名流，写出《兰亭集序》而盛名后世。

2016.3.21

七律·西安骊山

山如骊马风光秀，涌动温泉水韵流。

褒姒颦眉含齿笑，幽王烽火戏诸侯。

杨妃久恋雄华殿，君主缠绵美御楼。

抗战西安生事变，兵戎力谏扣蒋留。

注：1.周幽王为博褒姒一笑，点烽火戏诸侯的故事就发生在骊山。

2.这里讲述的是唐玄宗和杨贵妃的爱情故事。三千宠爱在一身，从此君王不早朝。

3.抗日战争时期，国民党将领张学良、杨虎城发动了震惊世界的"西安事变"，兵谏亭正是扣押蒋介石处。

2016.4.6

五律·游四子王旗草原

天爽惠风长，花红叶绿芳。

牛羊忙掠草，驼马放笼缰。

淡淡炊烟细，浓浓炖肉香。

开怀酣美酒，醉卧辂车旁。

2016.5.4

五律·泰山四景

（一）泰山日出

泰山日出动心弦，跃水腾空照百川。

气势磅礴五岳首，雄浑壮丽四方安。

（二）云海玉盘

云铺万里玉盘悬，岱岳千峰矗雾间。

凤舞龙飞风造化，翻江倒海涌波澜。

（三）晚霞夕照

夕阳坠映雨晴天，光射穿云泻宇寰。

登顶西瞭云似火，晚霞已镀亮金边。

（四）黄河玉带

无尘新霁眼延宽，举目凝眸西北边。

粼粼黄河飘玉带，登高不信在人间。

注：1.泰山，又称岱山、岱宗、岱岳、东岳及泰岳，是中国五岳之首，秦始皇封禅此名山。泰山绵亘泰安、济南、淄博三市，东西长200公里，南北宽50公里。著名四景为泰山日出、云海玉盘、晚霞夕照和黄河金带。

作于2016.5.10

改于2017.1.6

七律·长白山天池

神山圣雪映仙池，屹立东方展傲姿。

万壑群峰放眼望，千层众脉渐遥驰。

林涛啸吼惊峡谷，草浪翻飞绕石崖。

丽景雄浑天塑铸，擦今揆古尚不迟。

注：1.长白山国家自然保护区位于吉林省安图县、抚松县、长白县三县交界处，以长白山天池为中心，围绕天池北、西、南三坡的原始森林区。

2.擦今揆（kuí）古，即考察现今、度量古迹，在这里是考察参观的意思。

2016.4.26

七律·浙江普陀山

古刹禅房百岁松，海天佛国诸朝荣。

眉慈伟岸观音近，目善怀悲视远空。

古洞潮腾来谒拜，莲洋午渡去巡宗。

磐陀沐浴夕阳照，涛响鸥鸣伴寺钟。

注：1.浙江普陀山与山西五台山、四川峨眉山、安徽九华山并称我国四大佛教名山，是观世音菩萨教化众生的道场。

2.诸朝荣，即五朝恩宠（唐、宋、元、明、清）。

3.观世音大型雕塑是20世纪90年代塑立。

4.古洞潮腾、莲洋午渡、磐陀夕阳为普陀山十二景的其中三景。

2016.8.5

七律·云台山红石峡

丹峡峭丽奇峰楚，大壑石桥瀑落湖。

水碧潭清幽韵特，天蓝云淡雅情殊。

顽藤探谷伸枝蔓，醉叶附石衬苇芦。

俯野登山寻百处，绝佳美景世间无。

注：1.云台山红石峡，地处河南省焦作市。丹霞地貌，崖壁通体赤红，瀑飞、潭幽、溪青、云白、草木芳。

作于2016.4.9

改于2017.1.2

七绝·江岸雨停

惊风乱飏雨连强，野水横流涌入江。

闪弱雷轻云走远，残虹戏日映堤防。

注：1.2012年夏到吉林市考察水城建设，正逢夏日连雨天。下午四点多，松花江畔雨过天渐晴，西边云层中露出半个日头，东方显现出一段残缺的彩虹。此情此景吟诗一首。于2016.8.7日整理并修改。

2.飏（zhǎn），即风吹物体使其颤动。

2016.8.7

五律·新疆篇（其一）

坎儿井

清流出雪山，饮露润心甜。

座座坎儿井，渠渠命脉连。

沙洲行热浪，戈壁变良田。

智慧与勤奋，天香竞展延。

2016.6.8

五律·新疆篇（其二）

葡萄沟

汩汩清凉水，天捐大火洲。

浓荫遮日晒，密蔓履棚幽。

玛瑙珍珠累，甜香溢满沟。

霜园红叶多，又是醉人秋。

2016.4.11

五律·新疆篇（其三）

天山天池

圣水明如镜，清平映雪峰。

瑶池欢举筵，妙籁对歌声。

百顷浓汁墨，千毫叙友恒。

情皇王母会，美话已乘风。

注：1.瑶池是古代中国神话传说中昆仑山上的池名，西王母所居美池。

2.雪峰，即博格达峰。

3.千毫，即用天山那么多的树木做笔。当年郭沫若陪同柬埔寨国王西哈努克亲王参观天池时，用百顷天池水比做墨汁，用天山的万木比做长毫，来书写两国的友谊。

2016.4.11

五律 · 新疆篇（其四）

火焰山

无云亦有烟，万载赤焰欢。

玄奘取经过，悟空借扇煽。

奇山今始见，怪域确非凡。

炙火灼灼烤，熊熊烈炽燃。

2016.4.11

五律·新疆篇（其五）

魔鬼城

狂风卷虐沙，四季不停刮。

斧塑宫楼塔，刀雕怪兽爬。

残星眨冷眼，淡月影迷崖。

凄厉一声叫，魂惊早返家。

2016.4.11

五律·新疆篇（其六）

喀纳斯湖

喀纳乌斯美，天积巨堰潴。

交蓝红绿乳，碧艳绚姿涂。

浪里藏湖怪，岸边缀草庐。

奇峰林影映，可汗过留足。

注：1.喀纳乌斯，蒙古语译为：可汗之水。成
吉思汗西征时，途经此地，在此休整。据当地图瓦
人（蒙古族一支）传说，成吉思汗驾崩后，遗体沉
在湖中，湖怪就是保卫亡灵不受侵犯的怪圣。

2.潴（zhū），水积聚的地方。

2016.4.11

七律·雁荡山揽胜

深潭瀑布大龙湫，落雁芦花碧水收。

嶂伟岩奇天柱耸，峰灵壁幻地池鬏。

通幽曲泾禅房净，洞阔溪潺法术修。

天下名山僧占尽，斯山儒道释容流。

注：1.雁荡山以山水奇秀闻名，主体位于浙江省温州市东北部海滨，素有"海上名山，寰中绝胜"之誉。

2.鬏（jiū），头发盘成的结。

3.斯，这。

4.儒道释，即儒教、道教和佛教。

作于2016.3.19
改于12016.2.18

鹧鸪天·参观浮梁千年县衙有感

富县清官传四方，民康物阜半昌江。
养廉为俭悬庭柱，杜渐防微掛署梁。

严纪法，断依纲。居官勿急赈灾荒。
因缘百姓才来此，心顺民安方固邦。

注：1.浮梁县衙位于瓷都景德镇的北部，此地是一个土地沃广，山青水秀，物产丰富，美丽富饶的江南大县。那时景德镇隶属浮梁县。现在古县衙保存完好。可查的知县(县令、达鲁花赤、知州、知事和县长)有343人，还存留很多匾额楹联，大多体现地方官员忠君爱国、勤政廉洁、公正执法、爱民如子的警示。共留有匾额30余块，楹联80余副，仿佛就是一个廉政博物馆。我们应从中获取有益的东西。古县衙和众多楹联是我国官文化中的精髓，是国粹，是民族的瑰宝。

作于2016.3.23
改于2016.12.14

七律·大同恒山悬空寺

凌云峭壁挂悬楼，智敏啼猿亦犯愁。

侧耳时闻风怒吼，伏身常现鸟鸣啾。

禅心顶可接霄客，道义根绝杜嚣油。

雄壮图题传百代，奇绝作品历千秋。

注：1.北魏天师道长寇谦之仙逝留遗训：要建一空中寺院，以达"上延霄客，下绝嚣浮"。此工程于419年完成。堪称世界建筑之奇迹。

2.唐朝岑参有"下窥指高鸟，俯听闻惊风"之句。

3.嚣，即世俗尘嚣。油，即油滑浮躁之义。

4.唐代大诗人李白观后挥写"壮观"两字，镌刻在巨石迎面上。

2016.12.7重写

七律·青海塔尔寺

菩提塔映殿堂群，气势恢宏耸入云。

典籍皇皇藏寺院，经文朗朗沏佛门。

传经解惑增学问，授业知识辨伪真。

画绣酥花三件宝，莲台盛艳正逢春。

注：1.塔尔寺位于青海省湟中县鲁沙尔的莲花
山中，是我国藏传佛教六大寺院之一，属格鲁派。
寺院是开启人智慧的地方。

2.屯，即聚集之意。

3.三件宝，即绘画、堆绣和酥油花。

作于2016.4.1
改于2016.11.26

255

七律·鸣沙山与月牙泉

浪涌金沙浩浩然，风刀刻塑刃山连。

晴空丽日风雷动，天朗无云鼓角传。

碧澈弯泉形似月，甘清圣水汇成潭。

神奇互伴谁能改？皓齿丹唇润万年。

注：1.月牙泉是个神奇的地方，千百年来泉沙共生，唇齿相依。那浩瀚的沙漠从来没有把泉水吞噬。那不竭的泉水又来自何方？巧得是也从来没有渗润到沙海里。天朗丽日时，当你坐滑板从沙山上下滑时会发出雷鸣般的响声，称之为鸣沙。为此，吸引了国内外游客前来探奇。

2016.11.26

七绝·峨嵋山

峰峦俊秀俏长眉，险陡雄奇傲世巍。

古刹钟鸣声诸寺，佛光普照满天辉。

　　注：1.峨眉山是中国四大佛教名山之一，是普
贤菩萨道场。位于四川省峨眉山市城西南。因山势
逶迤"如螓首蛾眉，细而长，美而艳"故名。著名
景点有：报国寺、万年寺、伏虎寺、清音阁、黑龙
江栈道、洪椿坪、仙峰寺、洗象池和金顶等。

2016.4.7

七律·乐山大佛

日照三江映大佛，庄严稳重气磅礴。

依山噤坐佑天下，傍水慈眸福我国。

百代光阴匆过客，千年故事是蹉跎。

留得意愿真名世，免祸消灾那仲伯？

注：1.乐山大佛位于我国四川省乐山市，是中国最大的一尊摩崖石刻造像，修建于唐代，依山临江而凿。

2.三江，即岷江、青衣江和渡河汇合处。

3.百代指久远的年代。

4.仲伯即弟哥，那分先后的意思。

2016.11.21

七律·观阿斯哈图石林

山拥翠岗驻草原，鬼斧神功塑美岩。

野马牛羊谁造就，苍鹰鸟雉赖天然。

石林玉柱经风雨，桦树榆丛耐暑寒。

景色奇绝多幻化，横空问世亦惊乾。

注：1.阿斯哈图石林位于内蒙古赤峰市克什克腾旗，是国家级地质公园，是天然地质博物馆。是第四冰川期形成的冰川、花岗岩、火山、峪谷地貌。石林如梦如幻，有的像动物，有的像景物，有的又像人物。

2.乾，八卦之一，代表天。

2016.11.19

七律·赞高铁

横空傲世现蛟龙，连贯东西南北中。

万里通途倏尔到，千山堑壑瞬息通。

朝观南海椰林景，暮览辽河大雪松。

壮丽家国无限美，风驰电掣越时空。

2016.1.18

七律·洛阳白马寺

红墙绿瓦树婆娑，大殿雄宏套外郭。

古寺钟声常响起，齐云塔影述传说。

驮经万里功白马，请圣三尊是主佛。

释祖西方来汉土，天竺法事落中国。

注：1.白马寺位于河南省洛阳市，是中国佛教发源地之一，称之为"释源、祖庭"。白马寺是中国第一座佛教寺院。

2.齐云塔，即寺院中最高的那座塔。

3.三尊主佛，即释迦牟尼、药师佛和阿弥陀佛。

2016.10.30

七律·宁夏沙湖

黄河古道贺兰山，水润金沙碧映天。

簇簇仙姿芦穗秀，葱葱郁貌苇枝繁。

群鱼戏水荷花动，百鸟迷藏茂叶喧。

大漠橐驼涂走近，不知塞北与江南？

　　注：1.宁夏沙湖旅游区距银川市西南56公里平罗县境内的西大滩。沙湖南面是一片面积3万亩的沙漠，它和这万亩湖水似乎是天造地设的伴侣，相互依偎，相映成趣。

　　2.橐驼（tuó tuó），即骆驼。

2016.8.1

七律 · 再登长白山

瑞雪华章沐暖阳，群峰险秀岸周旁。

平平静静一池寂，碧碧沧沧两镜彰。

草木逢春缘日月，山花遇雨漫梁风。

风揉树海云常戏，雾绕白头瀑布扬。

2016.4.25

五律·嘉峪关

日落大雄关，余辉戈壁滩。

南依祁脉雪，北望马鬃山。

款款驼铃响，层层大漠翻。

丝绸连远路，苦走两千年。

　　注：1.嘉峪关，号称"天下第一雄关"，位于甘肃省嘉峪关市西5千米处最狭窄的山谷中部，是明长城最西端的关口。西面城垣凸出，门额刻"嘉峪关"，西门外处有石碑，上刻"天下雄关"四个大字。

2016.4.7

五律·观秦始皇兵马俑

雄师列队开，戴甲护盔摘。

挎剑背弓弩，携刀气卷来。

骑兵凭马哮，战阵按车排。

就等将军令，惊涛骇浪拍。

注：1.西安兵马俑罕称世界第八大奇迹，是秦皇陵的陶俑殉葬品。

2.护盔摘，是武俑一大特点。不戴头盔更显勇武，视死如归。

2016.4.7

西江月·印象三峡

两岸凌崖伫立，一船游客称奇。刀削石嶂映云低，仰视悬棺挂壁。

风景夔门更好，山头紧锁相依。滔滔渝水洗尘泥，卷卷彩云白帝。

2016.3.17

心靈

感悟

七、心灵感悟

七律·感悟（一）

人生脚步太匆忙，坐下平心论短长。

忍让怀柔非怯懦，包容为善是诚慷。

桃花酿酒杯杯醉，春水煮茶盏盏香。

大爱无疆才可贵，吃亏受苦又何妨。

2017.4.7

七律·感悟（二）

物滀类聚人寻群，电闪雷鸣对撞云。

是是非非辨好恶，蝇营狗苟利薰昏。

安然不愠心存善，骚动难安无自尊。

敞亮开通心境朗，无根而固真情纯。

2017.2.4

五律·看《农药里的中国》有感

春天鸟雀稀，夏日蛙声奇。

农药无节用，化肥过度施。

良畴日渐少，好地质滑低。

恶性循环快，啥时变有机？

2016.4.16

五律·手串珠语

黄花海岛梨，选料最为奇。

一木实难觅，根结实属稀。

磨球用古法，打制有纹𪒟。

上品东珠腻，虎皮鬼脸衣。

　　注：1.用我国海南岛黄花梨为材料，采用金刚结打磨出的鬼脸、虎皮纹为佳品。人工打磨的球珠有缘份有感觉，千金难求。

　　2.𪒟（lí），黑里带黄的颜色。

2016.4.14

七绝·赠程奎兄诗二首

其一

鹰落沙丘仍是鹰，孤芳傲视满天星。

卧薪尝胆积能量，乘势腾飞志在空。

其二

虎卧平岗总被欺，审时度势任东西。

来期一旦归山去，啸振陵岑胜猛狮。

注：1.拜读程奎兄两篇诗有感，于今晨写二首小诗献程兄。

2015.12.26

五律·明镜高悬

读《古代中国铜镜文化》有感

（一）

大堂熠镜悬，肃穆又威严。

断案公评事，裁决要正端。

熊熊炉火旺，烈烈冶金艰。

以史为明镜，凭铜正锦冠。

（二）

何知兴替蹒，戒鉴史实传。

分辨成与败，厘清事委源。

银光晶闪烁，黑暗见晴天。

朗朗乾坤丽，辉辉仉万年。

作于2016.7.23

改于2017.1.26

七律·人世箴言

游戏感情天地崩，保持友善禁执争。

淡浓适度讲和气，轻重相间莫逞能。

草木一秋春又盛，山河亘古延绵恒。

水临极处为风景，人遇险途宜再生。

2016.7.20

点绛唇·晚游月牙岛

弯月如钩，岸灯华灿迷烟柳。会朋携友，闲步沿堤走。

妙乐阳春，水舞喷泉秀。弥高奏，彩天虹宙，归兴浓于酒。

注：1.月牙岛，位于抚顺市内浑河南岸与古城河交汇处。

2.阳春，即高等的乐曲。

3.弥，即愈，更加。

2016.6.12

七律·看《地球脉动》有感

海上群逃座头鲸，空中雪雁众随行。

乘风破浪何为惧，斩棘披荆永不停。

信念坚定齐奋进，初心永固过东溟。

明知路险磨难多，倒海翻江奔北瀛。

注：1.东溟，即东海。
2.北瀛，即北冰洋。

2016.4.15

七律·蚯蚓

默默生活大地中，勤勤恳恳把田松。

头身满是泥和土，手脚皆无韧又忠。

体软修长环体动，沟坚垄硬现神功。

丰收麦黍香飘远，喜悦农民谢地龙。

注：1.地龙，即蚯蚓。

2016.1.15

七绝·题竹

翠叶青竹碎穗白，

节粗杆壮硬实材。

停足静觅萧萧语，

缕缕新风正气来。

2016.8.9

七绝·一字诗

一山一水一方田，

一户农舍一片园。

一种一锄一夏管，

一秋喜悦一丰年。

2016.8.14

五律·利刃锐千年

吴王宝剑寒，利刃锐千年。

铸造堪精湛，锋磨闪影蓝。

夫差燃战火，勾践灭狼烟。

俱败臣服楚，难说戈铖坚。

　　注：1.吴王夫差剑为春秋末期吴王夫差时制造的青铜剑。吴国因武器先进，与诸候国交战，屡战屡胜，争霸春秋。后因穷兵黩武，国力亏空。越王勾践卧薪藏胆，吴被越国灭。再后来越又被楚国灭。

作于2016.4.17

改于2016.11.23

七律·无题

硕笨蟾蜍步履蹒，蚊蝇美味口中餐。

螳螂捕猎哪防雀，蟋蟀弹鸣怎比蝉。

有角蜗牛爬树缓，无足蚯蚓斗泥顽。

青蛙大雨遮荷叶，饿肚鱼群近岸前。

作于2016.7.24
改于2017.5.7

七律·看大连街头落红铺地感叹

樱花绚烂满街头，色艳粉红笑靥稠。

骤雨无情凄苦去，弱雷有意暗香留。

千枝面对海风扰，万瓣不随野水流。

厚厚铺平朱锦地，凄春壮美绪难收。

2016.5.5

283

七绝·海誓山盟

脉脉含情意早通，

山盟海誓烙心中。

枕巾常透相思泪，

真爱任凭激浪冲。

2015.11.2

五绝·看《知竹常乐》图有感

（一）

青枝翠叶丛，欲落舞蜓蜂。

竹溢清香味，播媒是煦风。

（二）

节壮叶葱茏，清香淡雅融。

蜂蝶知竹美，怎耐远山红。

（三）

清香溢竹篷，觅蜜降蝶蜂。

茂秀无花采，白忙一场空。

285

（四）

知春草木蒙，翠竹色浓葱。

薄翼常相伴，东君展乐容。

注：1.薄翼，即各种昆虫的翅膀。

2."竹"和"一"是入声字，为仄声。

3.东君，即春神。

4.（四）中第一行第一字，第二行第二字，第三行第三字，第四行第四字，联读为"知竹常乐"，即"知足常乐"。

2017.7.9

五绝·夜色荷花

荷花暗自芳，夜醉小湖旁。

岁月归平静，心存淡雅香。

2017.9.12

五绝·诗痴

秋虫众唱鸣，吵醒睡星星。

漫漫清长夜，诗痴又伴灯。

2017.9.17

逢春腊度未
[赵华维诗词选]

七绝 · 银冬傲雪

霜轻雪重压银冬，

玉干琼枝果艳红。

索索寒天孤傲立，

含情翘首盼春风。

注：1.银冬多年生灌木。

2017.11.3

五绝·无题

岁月近蹉跎，

衰令白发多。

踌躇心未老，

一梦渡星河。

注：1.蹉跎，即把时间白耽误过去。

2.踌躇，即自得的样子。

3.渡星河，即心气高的可渡星河。

2017.11.5

五绝·鸟戏秋林

深秋草木黄，
冷叶抹浓霜。
雀鸟寒林戏，
翻飞密伴双。

2017.11.4

逢春踏遁东 [赵华维诗词选]

五律·看黄叶有感

夜冷满天霜，晨寒万叶黄。

朱颜留注日，白发伴今阳。

岁老心还热，秋深意不凉。

山河荒木在，转载又春芳。

注：1. "白"字为入声字，仄律。

2017.11.2

天净沙·荷塘残秋

枯荷老杆残花，

白头黄叶蒹葭。

冷气凉风霰下，

逢塘融化，

岸枝孤落愁鸦。

注：1.“白”为入声字，仄律。
2.蒹葭，即芦苇。

2017.11.18

七律·雁戏秋水

雁落天湖野水秋，

岚烟漫妙接沙丘。

乔林叶赤依山茂，

灌木枝黄伴草稠。

戏浪翻腾蹼作桨，

逐波越进体当舟。

征鸿队队南飞去，

恋旧孤群眷眷留。

注：1. 天湖即抚顺大伙房水库。
2. "接"为入声字，仄律。

2017.11.14

鹧鸪天·习诗感言

月淡星稀霜满天，挑灯夜战又无眠。
精雕细刻琢佳句，苦想冥思构妙篇。

究义理，组骈言。一诗千改始心安。
丑媳迟早公婆见，为爱而来怎怕烦。

注：1.清代著名诗人袁枚《遣兴》中有"爱好
由来下笔难，一诗千改始心安"之句。

2017.11.27

鹧鸪天·冬至感言

冬至迎来数九天，辽东白雪染群山。

书城揽胜心融暖，酒馆寻酌体散寒。

充墨客，仿神仙，延年益寿好休闲。

常闻感叹人生短，我辈情痴不计年。

2017.12.22

江城子·《芳华》观感

　　夜罩孤伶独舞坪，月昏明，淡无情。艳丽芳华，命多舛难宁。一路绒花开不败，腥风血雨渡真情。

2017.11.27

鹧鸪天·冰魂雪魄

独站窗前瞭远山，琼莹玉翠分妖然。
圣洁天赐银蛇舞，高雅宇赠蜡象欢。

宁静美，醉冬寒。广舒情愫际无边。
冰魂雪魄品行正，守道清廉做好官。

注：1.冰魂雪魄，比喻行为高尚，操行清白。
出自五代王定保《唐摭言》"忍苦为诗身到此，冰
魂雪魄已难招"。

2018.1.11

五律·无题

回风乱絮纷，雪伴夜归人。

彩局多愁苦，博坛少乐津。

新朋情易远，旧友谊难陈。

劝没方桌弃，寻结快乐神。

注：1."局"为入声字，仄律。

2018.1.8

五律·雪景叙怀

雪晓鹅毛住，晨清鹊落枒。

千枝无翠叶，万树绽梨花。

世躁复心静，尘嚣罩面纱。

空山人远去，景色入诗家。

2018.1.9

浣溪沙·北京雨燕

雨燕翻飞戏榭亭，春风吐绿柳帘轻。
身捷矫敏小精灵。

雀鸟亦怀鸿雁志，归来万里跨洲瀛。
北京花艳正清明。

2018.1.15

五律·大寒

淡日冷无辉，风挟旧雪飞。

寒松相傲立，冻柳互依偎。

蜡树泽光炫，银山皎白巍。

严冬知末岁，冽尽是春归。

注：1.大寒分三候。初候，鸡乳育也。二候，征鸟厉疾。三候，水泽腹坚。

2018.1.20

清平乐·赞雾凇

　　凇呈大美，玉树琼枝穗。恍若梨花人易醉。一夜老天赠馈。

　　百媚娇态绝伦。冰心雅韵清纯。诗到东君朦醒，化为甘露滋春。

2018.1.18

望江南·荞麦花

春已过，疑雪落山洼。放眼超然穷尽看，满沟洁白满沟花。荞麦爱贫家。

青黄月，此物顶餐茶。缺米少粮肠欲断，充肌果腹可填牙。难忘少时疤。

注：1. 荞麦，一年生草本，上部分枝，绿色或红色，叶三角形或卵状三角形。荞麦是短月性作，喜凉爽湿润，在中国大部分地区都有分布。

2. 超然，即遥远的样子。

3. 儿时妈妈常给我们出迷语，如迷底是荞麦的那个："三块瓦盖个庙，里面住个白老道"。

2018.1.13

五律·雪后登高尔山

岭陡雪积储，山深无坦途。

天涤云望少，宇洗霭看无。

面对群峰喊，声回万壑呼。

登高凭眼眺，素国展银图。

2018.1.17

305

七律·冰雪之都 抚顺

雪域冰都蔚壮观，

满城流彩夜盈珊。

雾凇涂就琼花放，

霜雪染成玉树繁。

巧匠雕得奔马啸，

能工塑造舞龙欢。

寒崖冻野谋福地，

白岭银峰变富山。

2018.1.24

愁倚阑·冬青

冬犹重，古榆遮，抄结芽。青翠耐寒
风处傲，好奇葩。

月结霜冷迎霞。赏新绿、最惹诗家。
腊后冰吟春不远，盼芳华。

注：1.《愁倚阑》词牌即《春光好》。
　　2.冬青，常绿乔木，叶薄革质，狭长椭圆形或
披针形，花瓣紫红色或淡紫色，果实椭圆形或近球
形。

2018.2.6

五律·冰窗花

梦醒恍如春，玻璃饰美纹。

梨花千树盛，柳叶万枝缤。

杏艳无红粉，桃芳尽素纯。

寒星窗弄影，冷月落冬晨。

注：1.缤，即繁盛、众多。
2.纯，即专一不杂。

2018.2.5

七绝·赏红月亮

大美冰轮血样红，

羞姿润饰色盈容。

奇观百载犹难见，

醉月有情再候逢。

注：1.丁酉腊月十五喜逢红月亮，以此为记。

2018.2.1

踏莎行·贺程奎兄《崇德之治》出版发行

笔落生华，恢弘巨著。当窗晓月尝甘苦。清朝启运越时空，知新尚要常温故。

改号结盟，兴文尚武。拓疆扩土后方固。八旗猎猎出辕门，崇德之治芳千古。

注：1.崇德是清太宗皇太极年号。

2.改号，即（1636年）四月改国号金为大清。

3.辕门，即军营。

2018.1.28

踏莎行·看《绒花》舞有感

妙曲绒花，欣然起舞。姿美艺熟嫦娥妒。低眉投手酿真情，铮铮铁骨芳华路。

战火纷飞，硝烟漫雾。青春洗礼看娇妩。隔帘新谱燕莺中，钢柔炫尽赢人慕。

2018.1.26

逢春踏遗木

【赵华维诗词选】

311

七绝·盼春

堤边冻柳未呈黄，

焦盼煦风翘首张。

一旦东君亲伴雨，

伸枝展叶势姿狂。

2018.2.24

七绝·早春二月

春意复萌二月天，
鸭知水暖戏河湾。
旧冰残雪无消尽，
盼雨乘风送翠还。

2018.2.23

七绝·关东雨水

冰未化融雪尚存,

树间阳鸟戏飞频。

暑然冻柳无烟阵,

料峭山风已觉春。

注:1.雨水节气有三候,一候獭祭鱼,二候候雁北,三候草木萌动。这里指的是黄河流域,而我们辽东山区稍有春意。

2018.2.20

清平乐·除夕之夜

团圆醉饮，忆向书房醒。火树银花窗外影，万户千门欢庆。

双年一夜相连，五更二两分摊。宵重喜迎金犬，汪开绚丽春天。

注：1.重（zhòng），程度深。
2.金犬指狗年。
3.汪拟声词，狗叫声。

2018.2.15

卜算子·唤春

丽鸟唤东君，妙曲悠扬远。雪谷寒山应啭声，不见归来雁。

野雀闹枝头，冰冷不知倦。待到春光漏泄时，满目鲜花漫。

注：1.东君，即春神。
2.啭（zhuàn），鸟声宛转。

2018.2.9

七律·立春

六九关东白雪皑，

温壶老酒解愁霾。

休评旧岁留缺憾，

企盼来年进义财。

美味佳肴宜卷饼，

陈曲特酿尽开怀。

残冬腊月寒将尽，

静等和风送暖来。

2018.2.7

逢春踏遗东
【赵华维诗词选】

五律 · 春雪

灯笼挂万家，瑞雪扮春花。

洒洒天空舞，潇潇宇幕遮。

诗情浓绘岭，画意淡描洼。

看是青阳晚，芳华应未遐。

注：1.青阳即春天。

2.遐，即远，"应未遐"即应不远了。

2018.2.26

菩萨蛮·流年感悟

人生洗尽铅华悟，感怀无悔风尘路。
尝遍苦和辛，付之劳与勤。

缘深情不短，历久趋恬淡。云卷亦云
舒，雨来常雨无。

2018.3.4

五绝·元宵赏月

红灯映雪梅，

爆竹报春归。

千载一轮月，

上元华夏辉。

注：1."竹""一"均为入声字。
2.上元，即元宵节。

2018.3.2

临江仙·韵趣

如梦人生忽似寄，是非功过成空。鲜衣怒马卷云风。筵席终有散，淡定且从容。

春雪作花天漫舞，山河冷尽葱茏。苦吟格津逞豪雄。不知天与地，酷爱始由衷。

注：1.忽，即迅速。

2.寄，即暂寄人间。

3."鲜衣怒马"句，即美服壮马，指为官时日已随风卷走。

2018.2.28

七律·读陆游养生诗有感

佝偻一生行事忙，

闲居越地骨筋强。

三人成虎他随议，

众口铄金我如常。

草木鱼虫童趣在，

江山社稷叟心装。

吟诗作画观棋弈，

八十家翁示令郎。

注：1.陆游（1125～1210）字务观，号放翁，越州山阴（今绍兴）人。南宋文学家、史学家、爱国诗人。85岁绝笔作诗《示儿》。

2."三人成虎"，《韩非子·内储说上》庞恭曰："夫市之无虎也明矣，然而三人言而成虎。"城市里本无虎，但只要有三个人谎传市里有虎，听者就会以为真有虎了。后用"三人成虎"比喻流言惑众，蛊惑人心。

作于2016.8.14
改于2018.3.13

天仙子·天女木兰

　　秀逸峰峦云雾伴，燕语莺啼千百啭。
白山余脉有仙娥，香飘漫，如玉倩，华贵
媚娇妆淡婉。

　　千里独寻天女面，杏粉桃红羞腼腆。
花枝草蔓翠春深，山路缓，木兰绽，瑰丽
馥芬迷醉眼。

　　注：1.天女山是抚顺之宝山，每逢春季，百花
盛开，万木葱茏。天然生长一种淡雅华贵的名花，
叫天女木兰花。

2018.3.18

浣溪沙·萌春

瘦雪留痕现草芽，晴风暖日去蒙纱，
有情萌绿报春华。

深嗅野芳乡馥味，陶然不觉日西斜，
期约几日翠还家。

2018.3.22

五律·飞雪迎春

昨夜响惊雷，通天接地催。

金风驱雾散，瑞雪伴云飞。

玉树晶莹美，琼花剔透辉。

眠河识破冻，醒柳见春归。

2018.3.15

七绝·醉色婺源

春分雨脚踏风归，

满眼黄花遍地菲。

醉色婺源浓似酒，

婪酣畅饮不思回。

注：1.近日几位朋友相继去江西婺源拍摄油菜花，我是2014年去的，很有感慨。特写诗一首赠于他们，祝他们旅途顺利！

2018.3.21

五律·观喜鹊筑巢

鹅黄染柳梢，喜鹊悦欢嚣。

不畏衔枝苦，何忱絮草劳。

风摇拂野谷，雨过醉城郊。

勿扰怀春鸟，成双筑爱巢。

2018.3.28

七律·无题

雪落清明倍觉寒，

坟田祭扫各纷然。

粘糊宝马香车炫，

裱褙冰箱彩电憨。

假泪凄滴荒野上，

真爻惨落墓庐前。

生时不孝此雷闹，

故老何安在九泉。

注：1.此诗鞭笞社会存在的个别现象，并非普遍现象。

2018.4.9

七绝·清明飘雪

枝头仅放两三花，

雪舞调香戏幼芽。

无可奈何春已到，

旋融沃土注繁华。

2018.4.5

卜算子·倒春寒

雪霰雨交稠，料峭花枝瘦。股股丝凉
冷煞人，独饮驱寒酒。

切盼见晴天，不负山河秀。万紫千红
总是春，她在风云后。

2018.4.6

五律·惜春

蓝天罩绿茵，野蕊吐幽芬。

青草连河岸，繁花诱路人。

春风难解意，夜雨酿愁魂。

片片飞红落，匆匆现夏痕。

2018.5.8

七律·情数此枝浓

桃花笑靥满春风，

雅韵娇娆俊俏容。

红白浅深神润笔，

纯情最数此枝浓。

注：1.此诗为好友汤庆华先生新摄影作品所题
写。

2.靥（yè），即酒窝儿。

2018.5.4

五律·春花

春花次第开，锦绣漫天来。

万紫和风种，千红倚雨裁。

深桃连岗壑，浅杏缀高台。

着意山楂树，含羞怯露腮。

2018.5.11

五律·相逢老同学

同窗叙旧遐，澎湃少年华。

鸟暮皆归树，人秋最想家。

相拥执手笑，掩泣述言哗。

把盏逢春色，情浓酒变茶。

　　注：1.应上届老同学德君、高洁之邀，我与成新同学参加了"一九七一届九年一班"的同学会，有感而发。

　　2.人秋，即人到老年。

　　3.执手，即握手、拉手。

2018.5.6

苏幕遮·乡魂

湛蓝天，花放蕊。

春正盈盈，满目如烟翠。

波色粼粼天接水，岸草萋萋，催落乡

愁泪。

絮飘魂，风送意。

倦鸟纷归，不觉斜阳坠。

邀月举杯同悦慰，酒入情肠，颂祝家

乡美。

2018.5.18

梦江南·蒲公英

风舞伞，逸荡遍天涯。随遇而安春润色，荒原野地绚黄花。苦乐渡年华。

2018.5.20

后记

"爱好由来下笔难，一诗千改始心安"。退休两年多来，我一直徜徉在学写格律诗的氛围中。查资料，翻字典，对韵律，校初稿，引经据典，遣词造句。辛苦着并快乐着，艰辛着并幸福着，忙碌着并充实着。兴头来时还来个加班加点，点灯熬油，甚至来个夙兴夜寐，颇有点没退休的感觉。别人问我："老赵你退休了，每天都干点啥？"我都每每答到，就八个字"走步、家务、会友、写诗"。说起来简单的八个字，轻松的八个字，做起来就不那么简单轻松了。走步是为了身体健康，家务是为了减轻老伴儿的负担，会友是为了增进朋友的友谊，写诗则是追求崇高的精神境界。为此，三年学写格律诗近三百首。头一年多用中华新韵，后两年则用平水韵。丑媳妇早晚要见公婆，发表后请大家多多批评指正！诗写的怎样是另一回事，通过学写格律诗，倒产生了不少感悟和心得。

一是写格律诗应严格按格律去写。近一时期中央电视台播出的《中国诗词大会》在全国引起了不小的轰动。诗词爱好者越来越多，这是一件传承和发扬中华传统文化的大好事。同时，也有人提出格律诗不好学、不好懂、不好写，要求改造或改革，甚至有的人提出不按韵律写。我认为，改革和改造可以，但不按格律写则是大错特错的提法。格律诗之所以能从几千年传承至今(甚至影响到国外)，这主要取决于中华民族文字、语言的美，取决于它丰富性和复杂性，抑、

扬、顿、挫，一音多字，一字多义，这是外国文学无法比拟的。格律含有一定的节奏，决不是可以随手乱写。格律诗是由声律、韵律、节奏三个部分组成。声韵就是声音的规律。五律、七律古人都有一定的规范和约定俗成。词都是有固定的词牌，万万不能打破重来，否则就不是民族的了。不是民族的也就不是世界的了。

二是写格律诗还是要遵循"起、承、转、合"的要法。格律诗要在有限的空间里表达繁多的内容和宏大的思想含义，所以，要充分利用有效的空间，严格遵循要法去写。怎样能写好？元代诗人范梈在《诗法》中说："作诗有四法，起要平直，承要舂容，转要变化，合要渊永。"舂（chōng）容就是宏大畅达，渊永就是意境深长隽永。这既是格律诗的一个定式，也是个规律。

三是写格律诗要言其志。清代诗人叶燮在《原诗》外篇上说："志高则言洁，志大则辞宏，志远则旨永。"本人才疏学浅，更无鸿鹄之志。想达到这么高的境界，还需努力、努力、再努力！这是我永远追求的目标。孜孜不倦地学习，才能达到语言简洁明净，文辞雄健有力，意境更加深邃。我在写格律诗时，也是"常恨言语浅，不如人意深"（唐朝诗人刘禹锡语）。

四是写格律诗更要注重语言的提炼。诗词不同于我们平时的说话，也不同于其他文学语言。每一句、每一联都要反复严苛地提炼，使之达到高度的"诗化"，变得既十分精粹又极富有意境。唐代诗圣杜甫在诗歌创作中，一生笃守"语不惊人，死不休"的誓言，在炼句和炼字上狠下工夫。"刻骨搜新句"，尽力达到"落笔四座惊"的效果。每个时代都有每个时代的特定语言，诗句中往往都镌刻和残留着时代的烙印。

五是写格律诗构思的情与景应在情理之中，效果和结局应出预料之外。无论比喻、夸张、对仗等，都应该在情理之中，不能乱说胡写，但其结局应该是出乎预料的。既要"豪华落尽见真淳"，又要"一语天然万古新"。

　　六是写格律诗既要向大家学习，又要向周围诗家学习。要汲取古人和现代人的长处，以补自己的短处。要牢牢记住《周易·系辞上》说的"书不尽言，言不尽意，人外有人，天外有天"。

　　学写格律诗两年多来，感慨、感悟、感言太多……今逢盛世，要更加努力学习，向古人学习！向先辈学习！向诗友学习！为弘扬中华民族文化，为传播正能量，要继续写下去。在浩瀚的诗词海洋中，能融进我这一滴水，我将为之自豪和荣耀！有不足之处，甚至有谬误的地方，请各位批评指正。

　　在此，我要向将我领进格律诗大门的著名作家程奎老师敬示深深的谢意！

　　向在创作中帮助过我的老领导、老朋友苏兴让先生，汤士安、王岱虎老师，老朋友李向东先生，诗友和朋友王庭国、王照友、曹宪阁先生，李英、吴玉梅女士表示由衷谢意！特别要向为我校核、修改、润色的唐黎杰老师表示深深的谢意！

　　向为本书美术装帧设计的好朋友赵启华先生，封面题字的梁志远先生表示诚挚地感谢！

赵华维

2017.5.18初夏

逢春踏浪来
【赵华维诗词选】